心に翼を

〜あるＡＬＳ患者の記録〜

長谷川 進

埴輪　馬に乗った男　　（80号）

石川県小松市博物館蔵。人と人形が一体になった珍しい埴輪。

（第59回東光会展　入選）

長谷川 進　作品集

塤輪　巫女と男かんなぎ（大阪府蕃上《ばんじょう》山古墳）　(20号)

最初訪れた時、貸し出し中で会えず、2度目に会うことができました。

塤輪　巫女（大阪府蕃上山古墳）　(10号)

巫女の清楚さを出そうと青でまとめてみました。

帽子の女　（15号）

はつらつとした若い女性の夏服姿です。

オンフルール　（20号）

フランスの古い港町。その街の中心部です。

セビリアーノ（フラメンコ）　(20号)

セビリアで見たフラメンコ。情熱的でした。

運河の街　(20号)

イタリアのベニスに旅行した際のもの。水面の描写に苦心しました。

婦人像　（15号）

赤い服と背景の暗さのコントラストをつけてみました。

サンマルタン運河　（20号）

パリにある運河です。この運河の水面は、周囲の道路より上にあります。

コモ湖　（6号）

ミラノ郊外にある保養地。有名人の別荘が立ち並ぶ静かな湖です。

ひまわり　（10号）

発病後10ヵ月頃、精神的にも落ち着き、お見舞いにいただいたひまわりを描いてみました。

初秋の公園　（10号）

自宅近所の小金井公園。秋の訪れを感じ、ホッとしながら描いた作品です。

智満寺　（10号）

故郷・静岡県島田市にあるお寺。静寂に包まれていました。

忍野の富士　（10号）

２月初め、富士のふもとの忍野八海から望む富士山です。

平潟港　（６号）

北茨城にある港。茨城県にこうした天然の港があるなんてと驚きました。

水彩画　～画仙紙～

カトレア

ほおずき

八ヶ岳

栗

水彩画　～色紙～

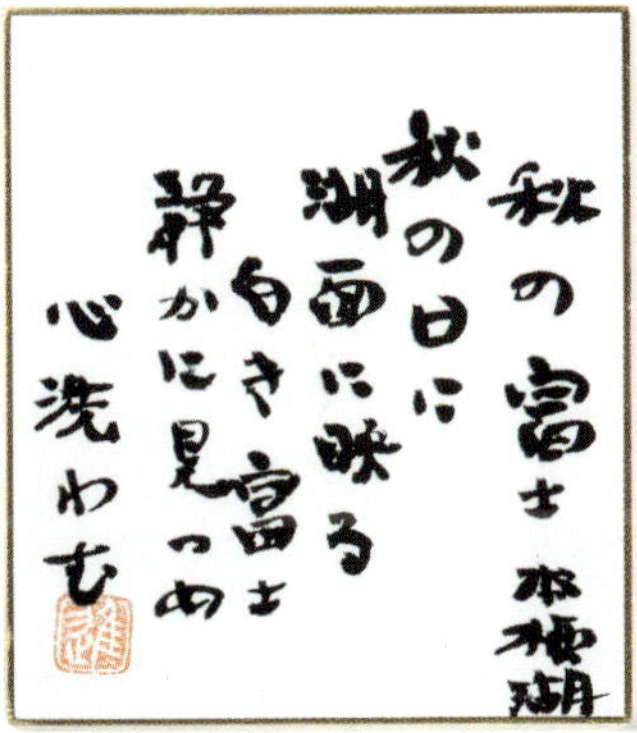
秋の富士 本栖湖
秋の日に
湖面に映る
白き富士
静かに見つめ
心洗わむ

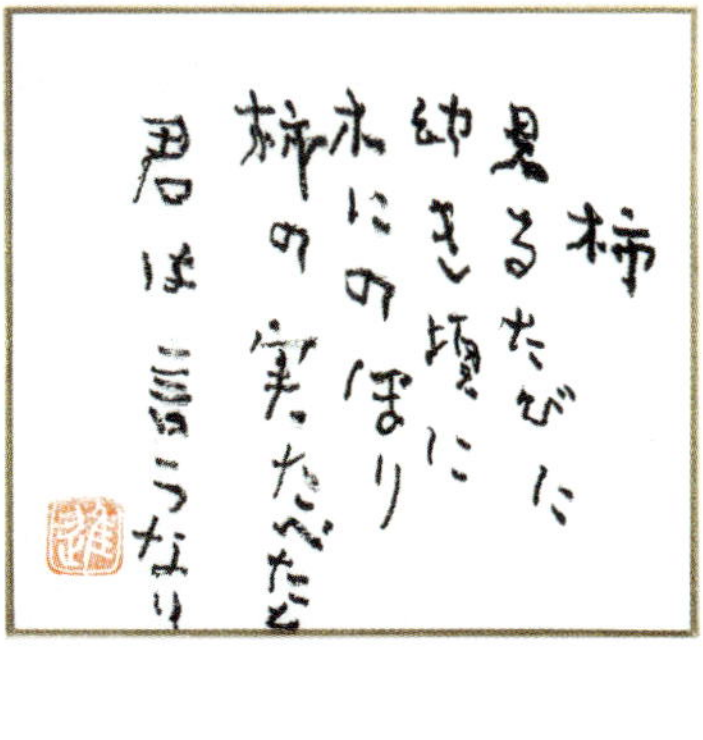
柿
見るたびに
幼き頃に
木にのぼり
柿の実たべたと
君は言うなり

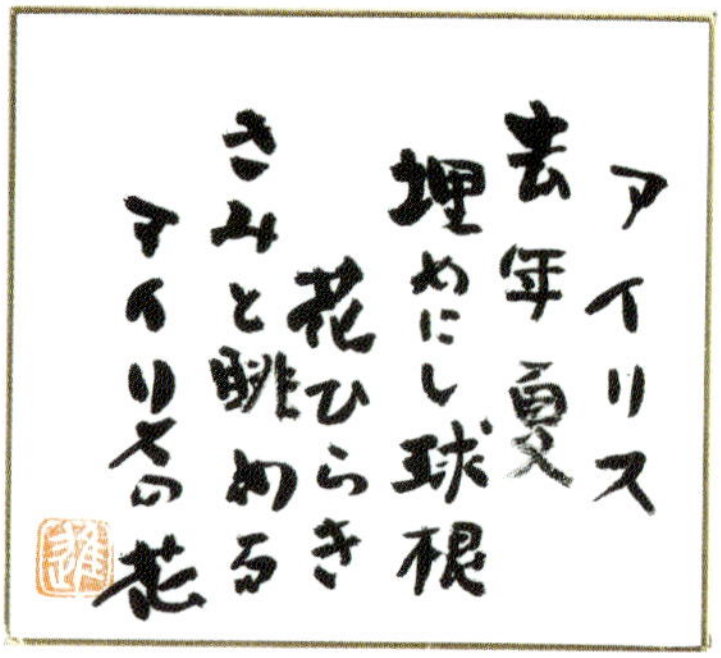
アイリス
去年夏
埋めにし球根
花ひらき
きみと眺める
アイリスの花

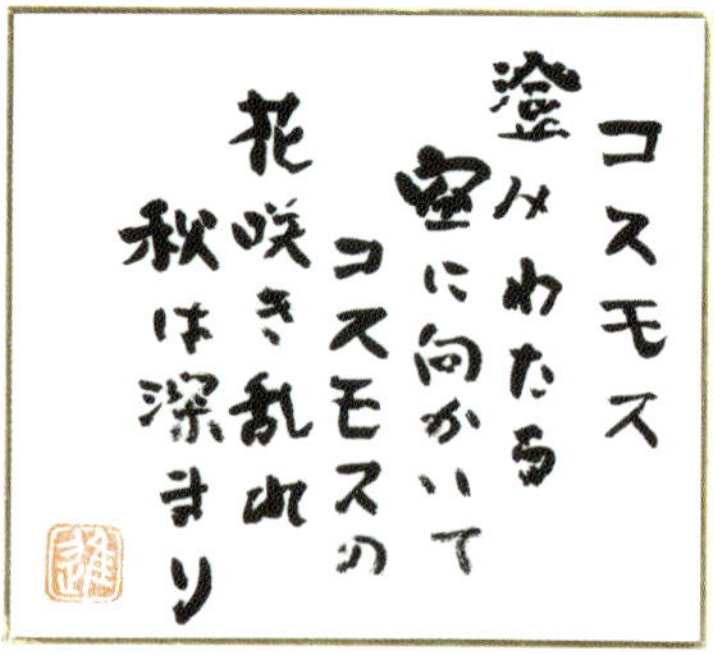
コスモス
澄みわたる
空に向かいて
コスモスの
花咲き乱れ
秋は深まり

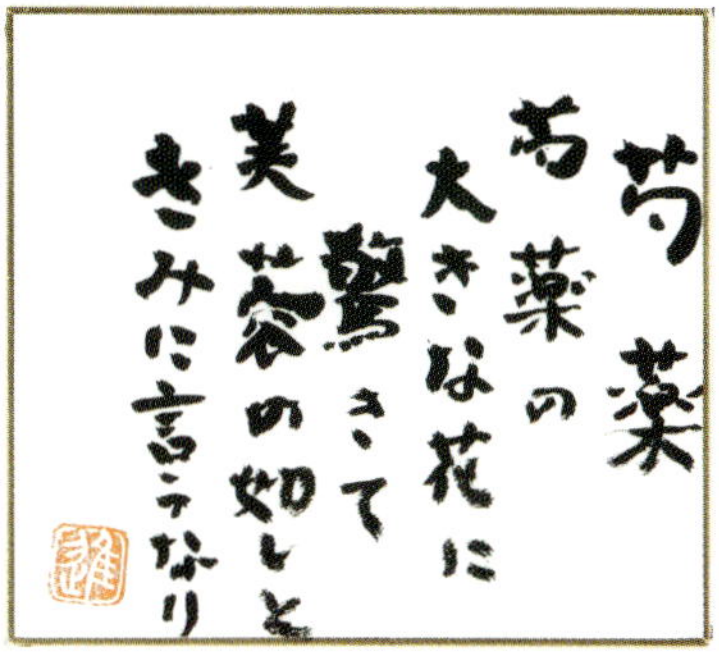
芍薬
芍薬の
大きな花に
驚きて
美芙蓉の如しと
きみに言ふなり

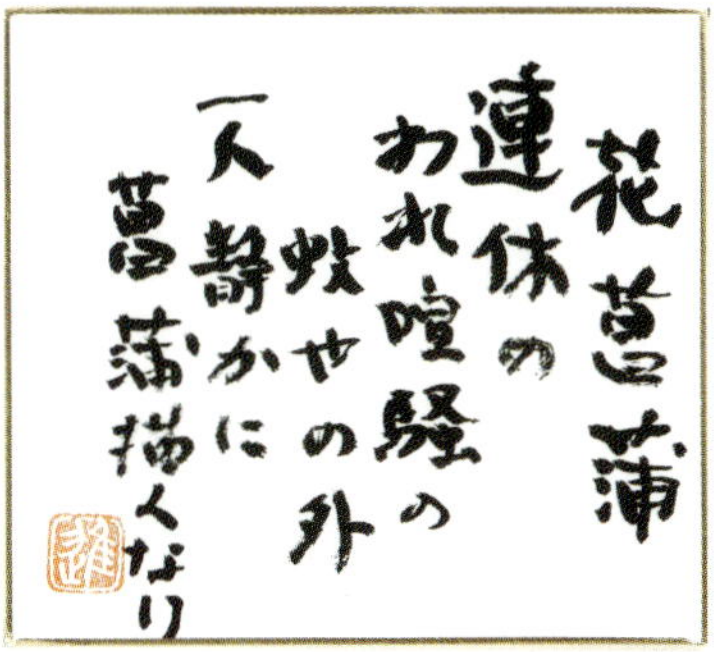
花菖蒲
連休の
われ喧騒の
浮世の外
一人静かに
菖蒲描くなり

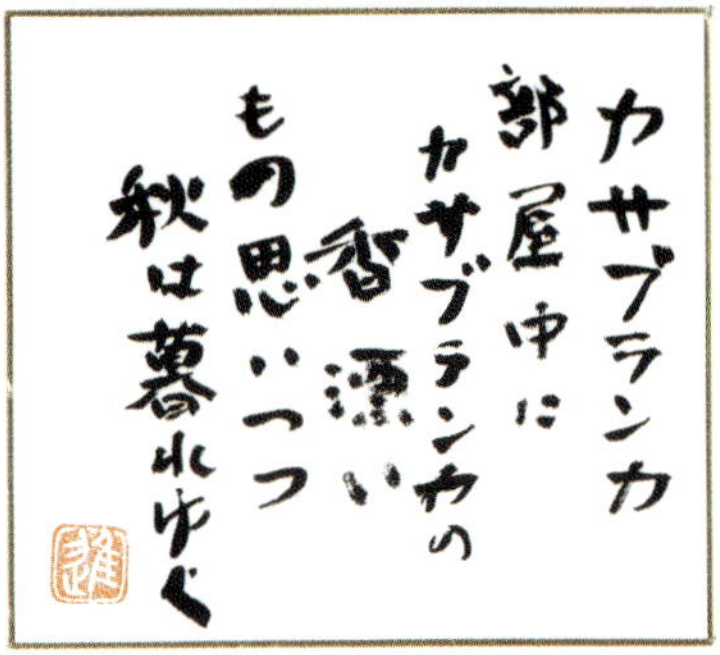
カサブランカ
部屋中に
カサブランカの
香漂い
もの思いつつ
秋は暮れゆく

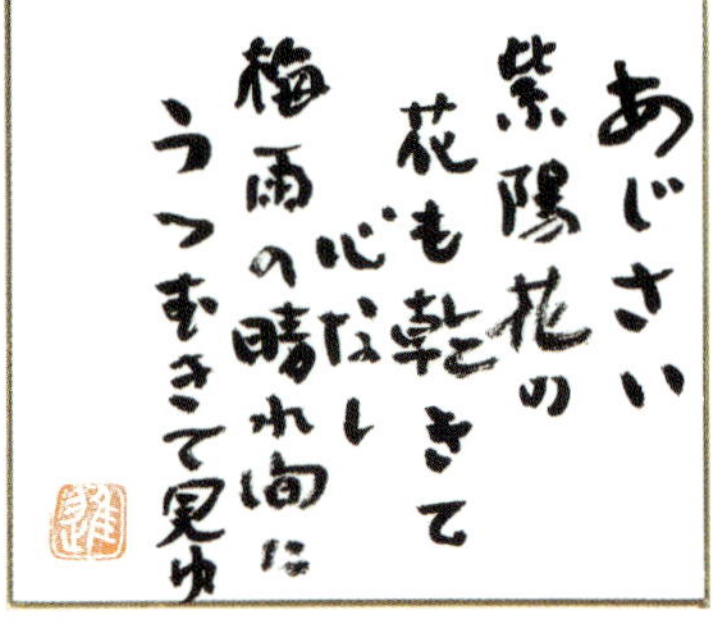
あじさい
紫陽花の
花も乾きて
心なし
梅雨の晴れ間に
うつむきて見ゆ

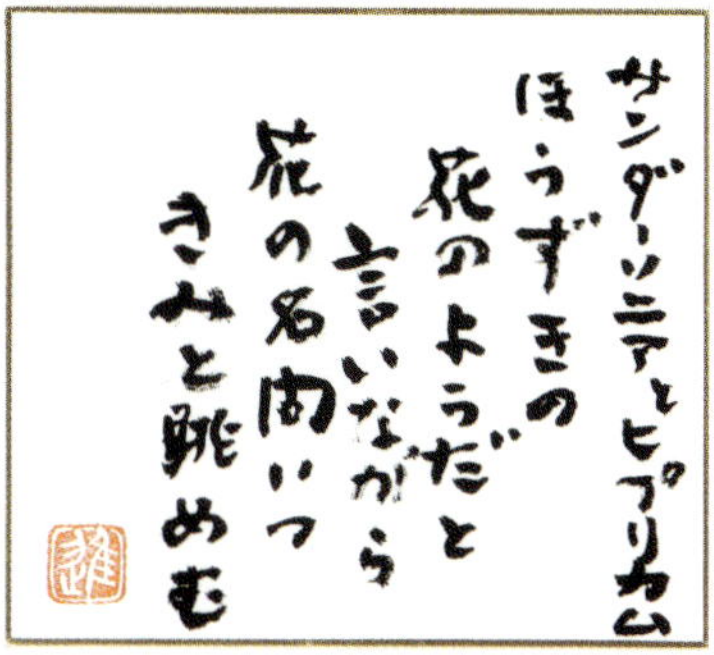
サンダーソニアとヒプリカム
ほうずきの
花のようだと
言いながら
花の名問いつ
きみと眺めむ

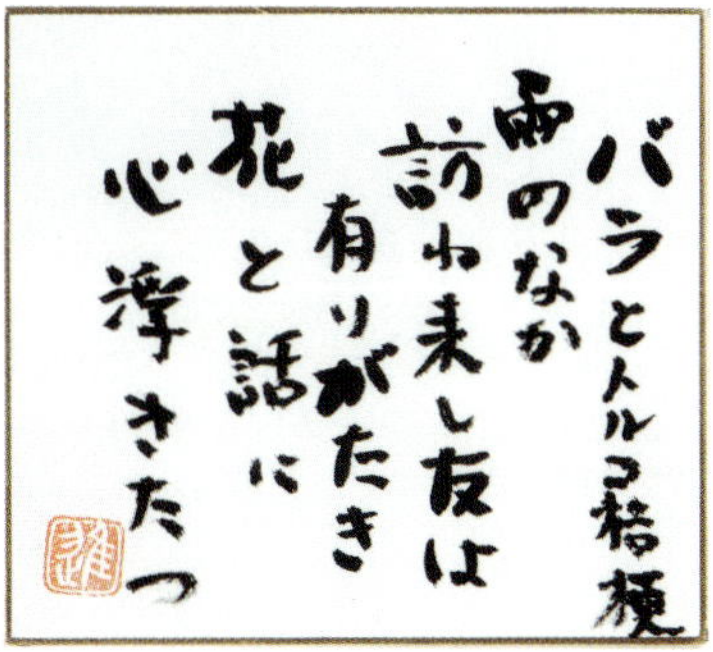
バラとトルコ桔梗
雨のなか
訪ね来し友は
有りがたき
花と話に
心浮きたつ

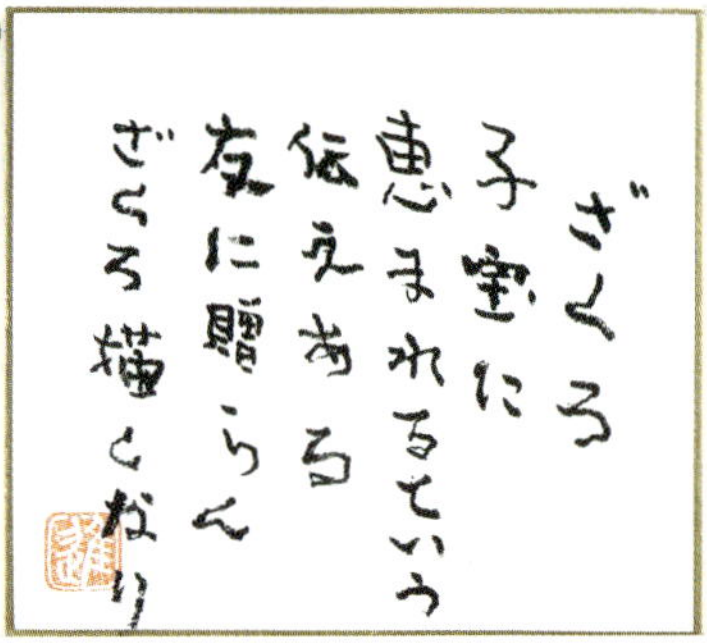
ざくろ
子宝に
恵まれるという
伝えある
友に贈らん
ざくろ描となり

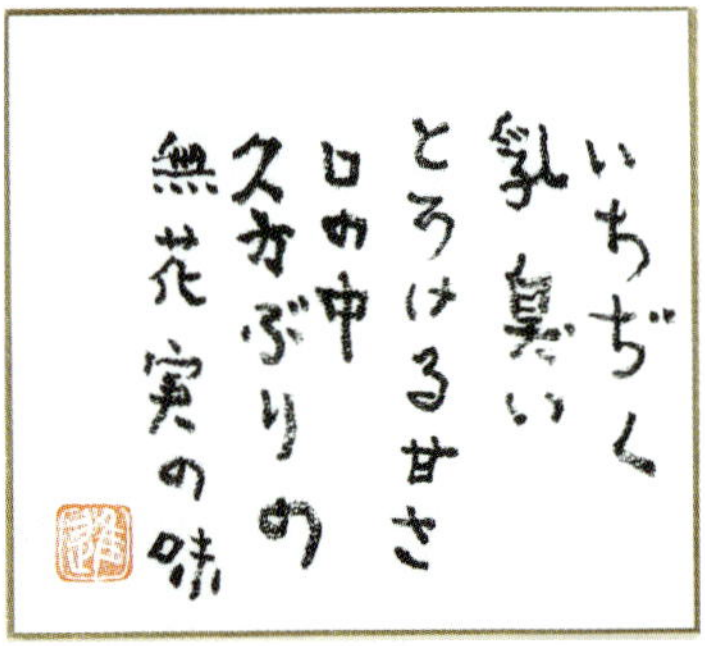
いちぢく
乳臭い
とろける甘さ
口の中
久カぶりの
無花実の味

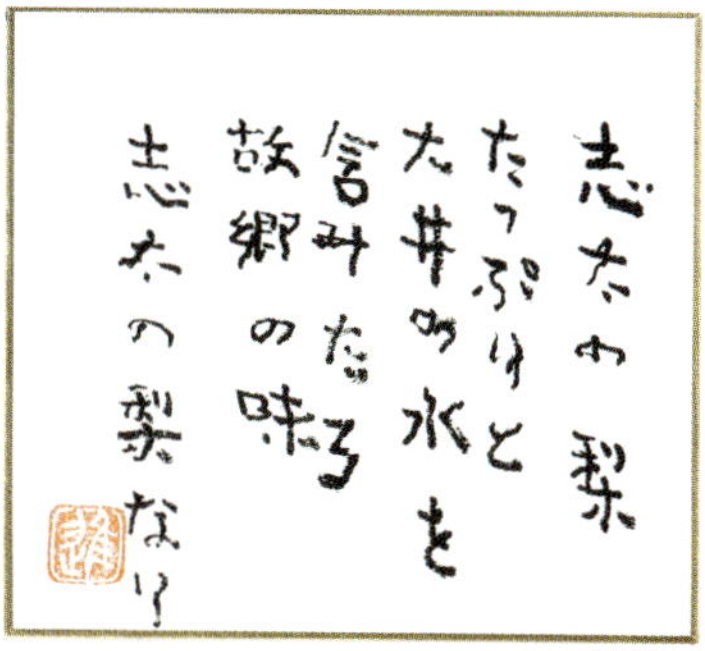
志太の梨
たっぷりと
大井の水を
含みたる
故郷の味
志太の梨なり

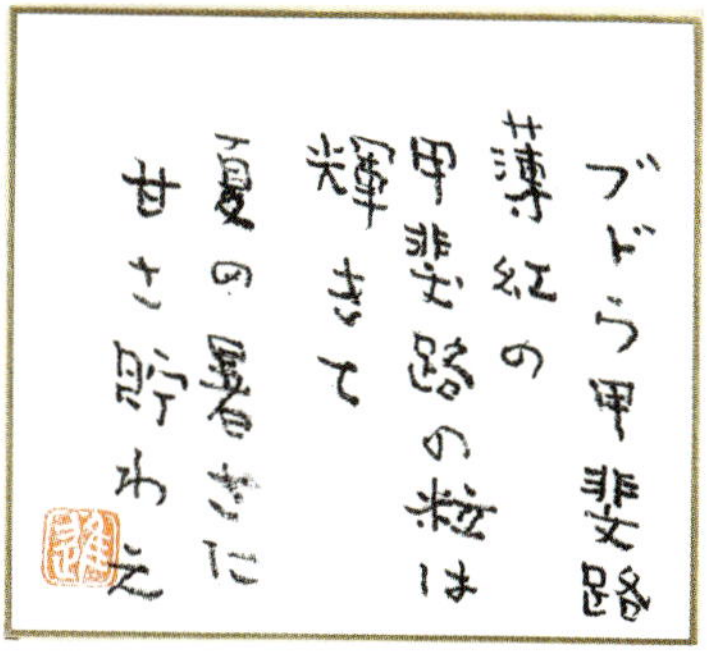
ブドウ甲斐路
薄紅の
甲斐路の粒は
輝きて
夏の暑さに
甘さ貯わえ

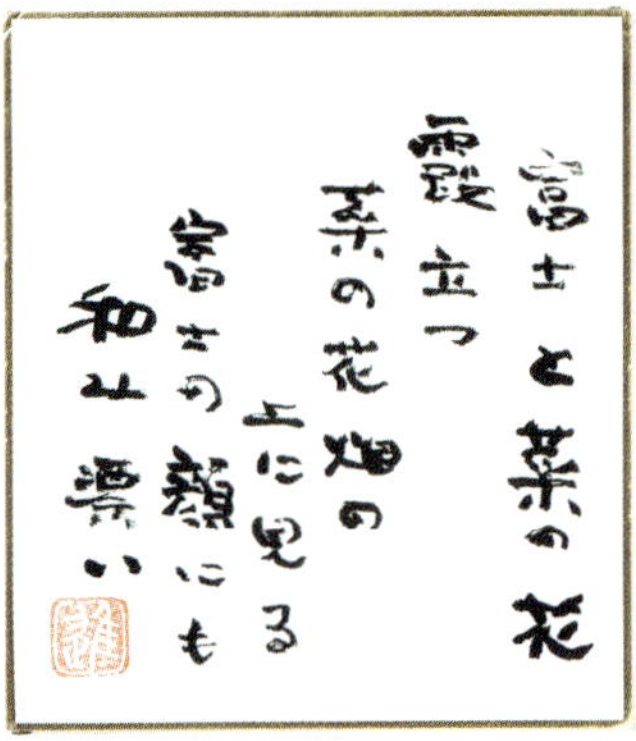
富士と菜の花
霞立つ
菜の花畑の
上に見る
富士の顔にも
和み漂い

河口湖

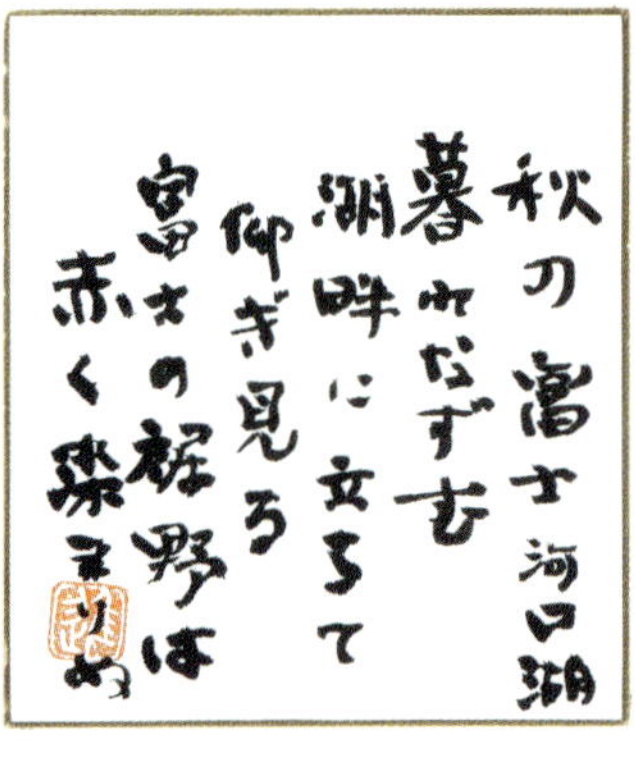
秋の富士　河口湖
暮れなずむ
湖畔に立ちて
仰ぎ見る
富士の裾野は
赤く染まりぬ

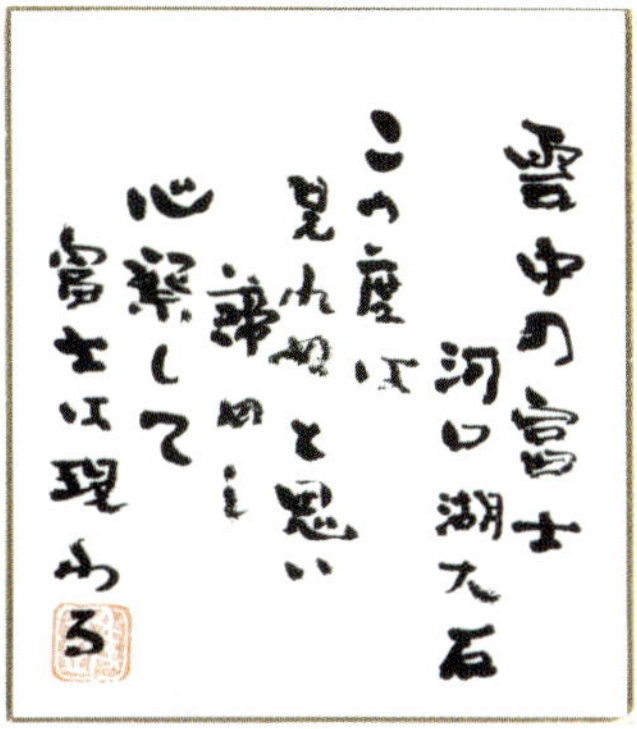
雲中の富士
河口湖大石
この度は
見れぬと思い
諦めし
心緊して
富士は現わる

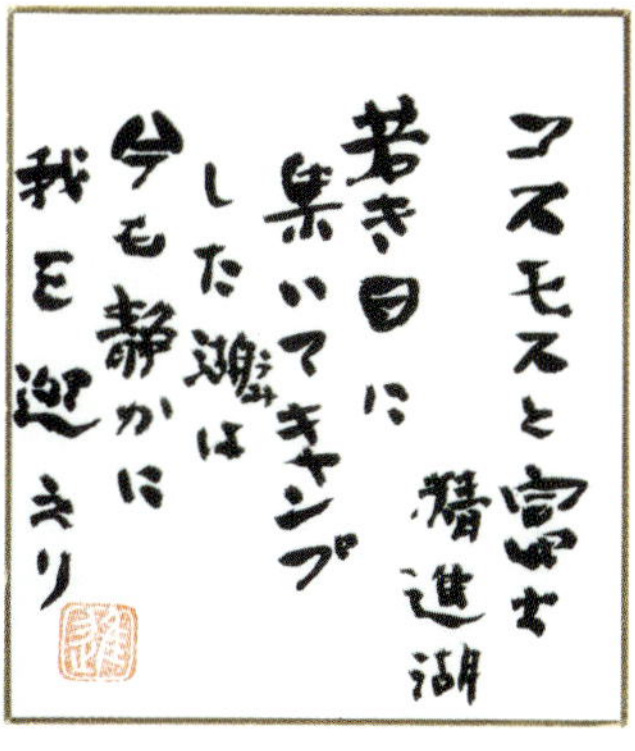
コスモスと富士
精進湖
若き日に
集いてキャンプ
した湖《うみ》は
今も静かに
我を迎えり

日々の生活

幼少の頃
（中１）
（右）

会社員時代

長谷川進（財務部・部長）
[PROFILE]
●生年月日　昭和13年11月20日
●血液型　AB型
●出身地　静岡県
●趣味　テニス、クラシック音楽
●リバブルテニスクラブ部長
●テニス歴　約20年
●子供の頃なりたかった職業　パイロット
●理想の女性のタイプ　名取裕子

家族の全員集合

孫と一緒にお出かけ

島田市立六合小、中
の同期会

恩師と

静岡県立島田商業高校
の同期会

桜の木の下で

日本大学 E.S.S 凡友会の仲間たちと小金井公園で花見会

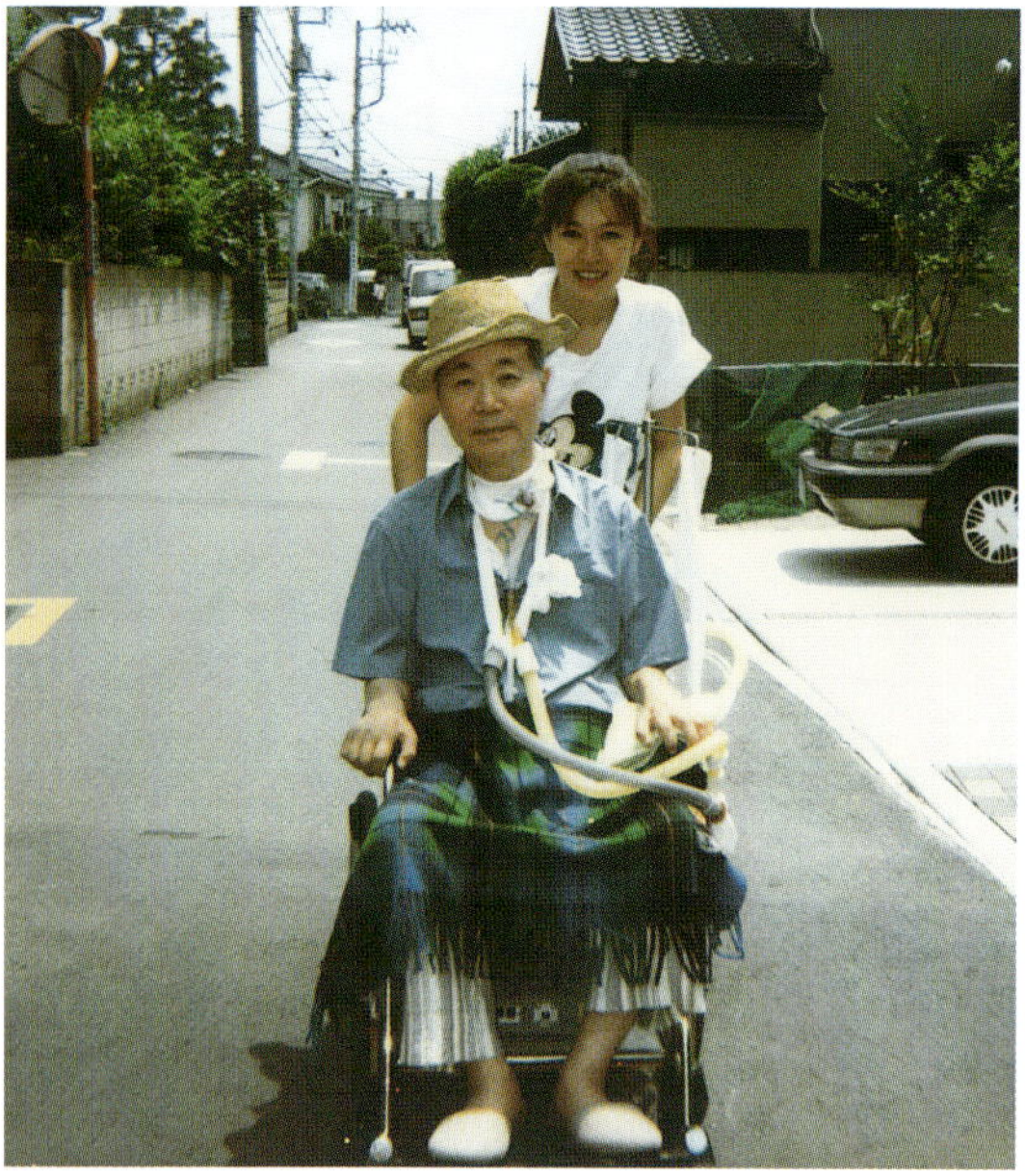

看護師さんと自宅近所を
散歩

“小さな旅”
小江戸 川越を
ヘルパーさんと散策

個展会場“ギャラリー発見”

第二回個展会場で同期生たちと

旧い港町（80号）

第一回　個展案内ハガキ

長谷川 進　油絵展

平成12年1月18日(火)〜23日(日)

10:00〜17:00（最終日は16:00まで）

ご高覧ご批評頂きたくご案内申し上げます

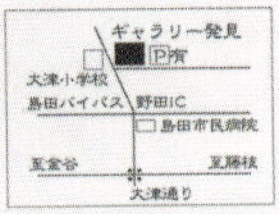

ギャラリー発見

島田市落合20−26

0547−35−6606

パテオ・セビリアーノ（20号）

長谷川 進　作品展

平成15年4月22日(火)〜27日(日)

10:00〜17:00（最終日は16:00まで）

今回は20号以下の小品を展示します

ご高覧ご批評頂きたくご案内申し上げます

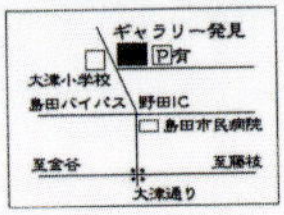

ギャラリー発見

島田市落合20−26

0547−35−6606

第二回　個展案内ハガキ

訪問看護師さんたちと会食

日本大学E.S.S凡友会の新年会

ヘルパーさんと本栖湖で

兄弟姉妹たちと河口湖畔で

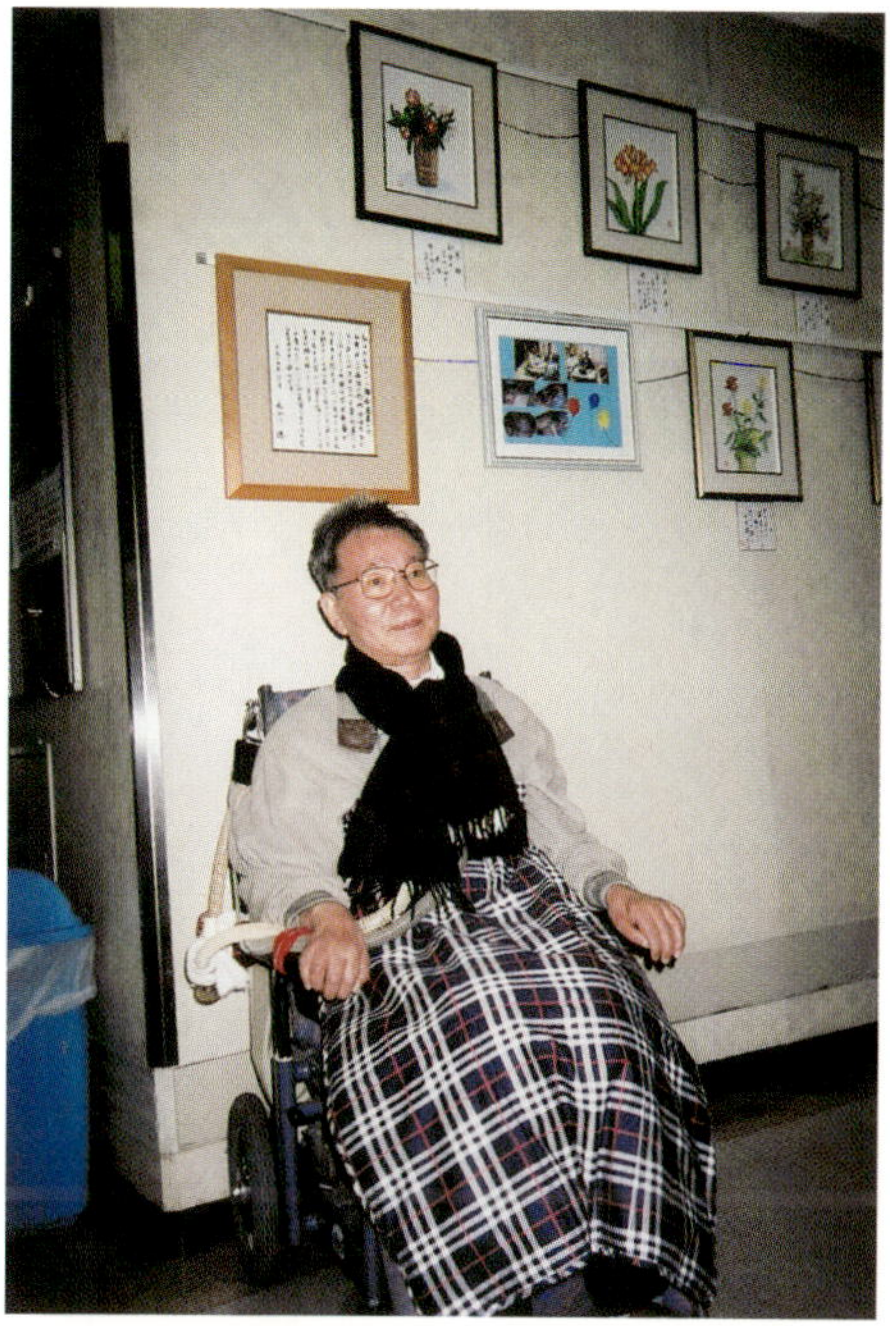

病院ロビーにて

西東京市美術協会の仲間たちと

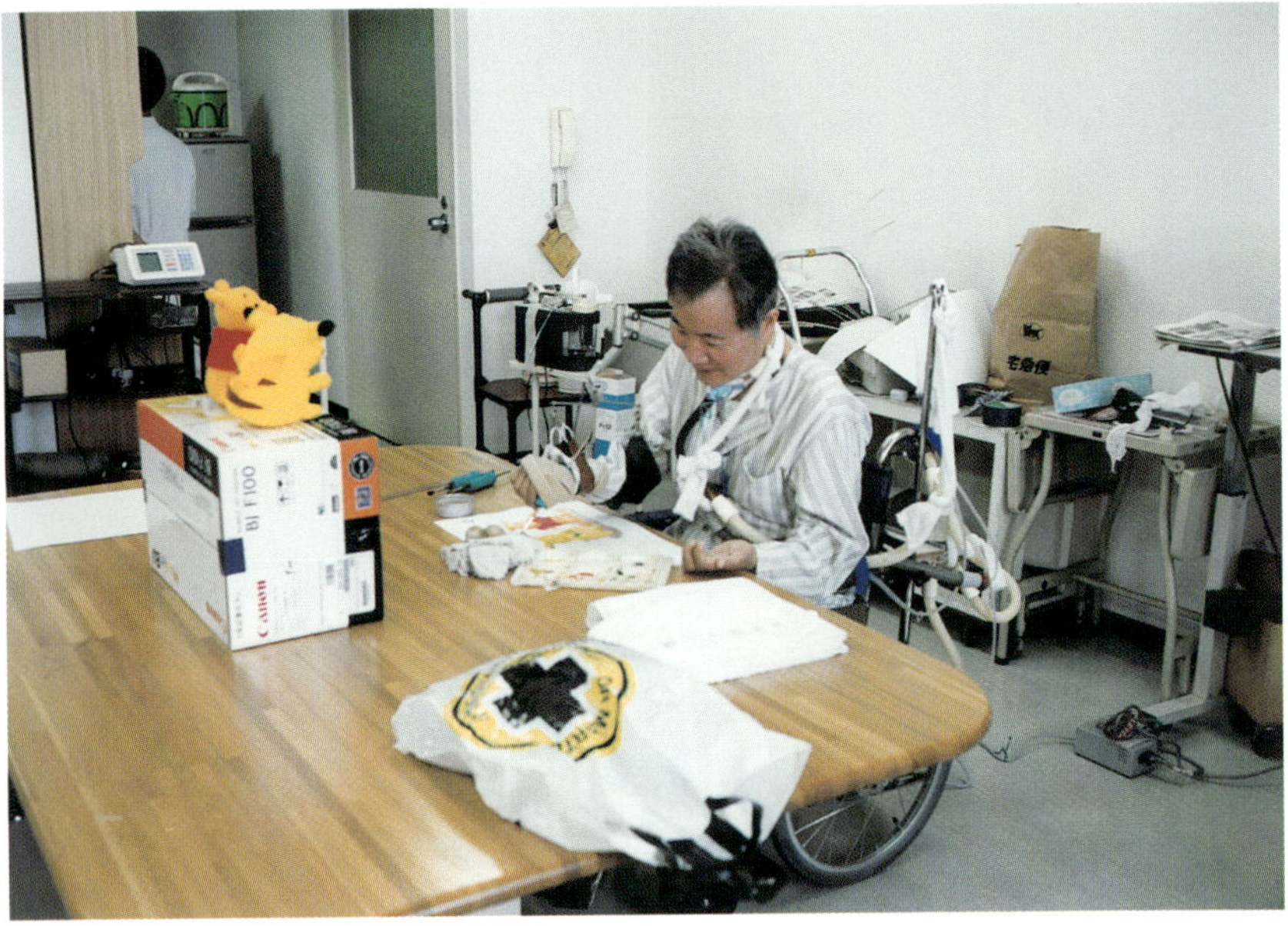

病院で初めてバランサーを使って絵を描く

白宅で絵を描く

インターネット

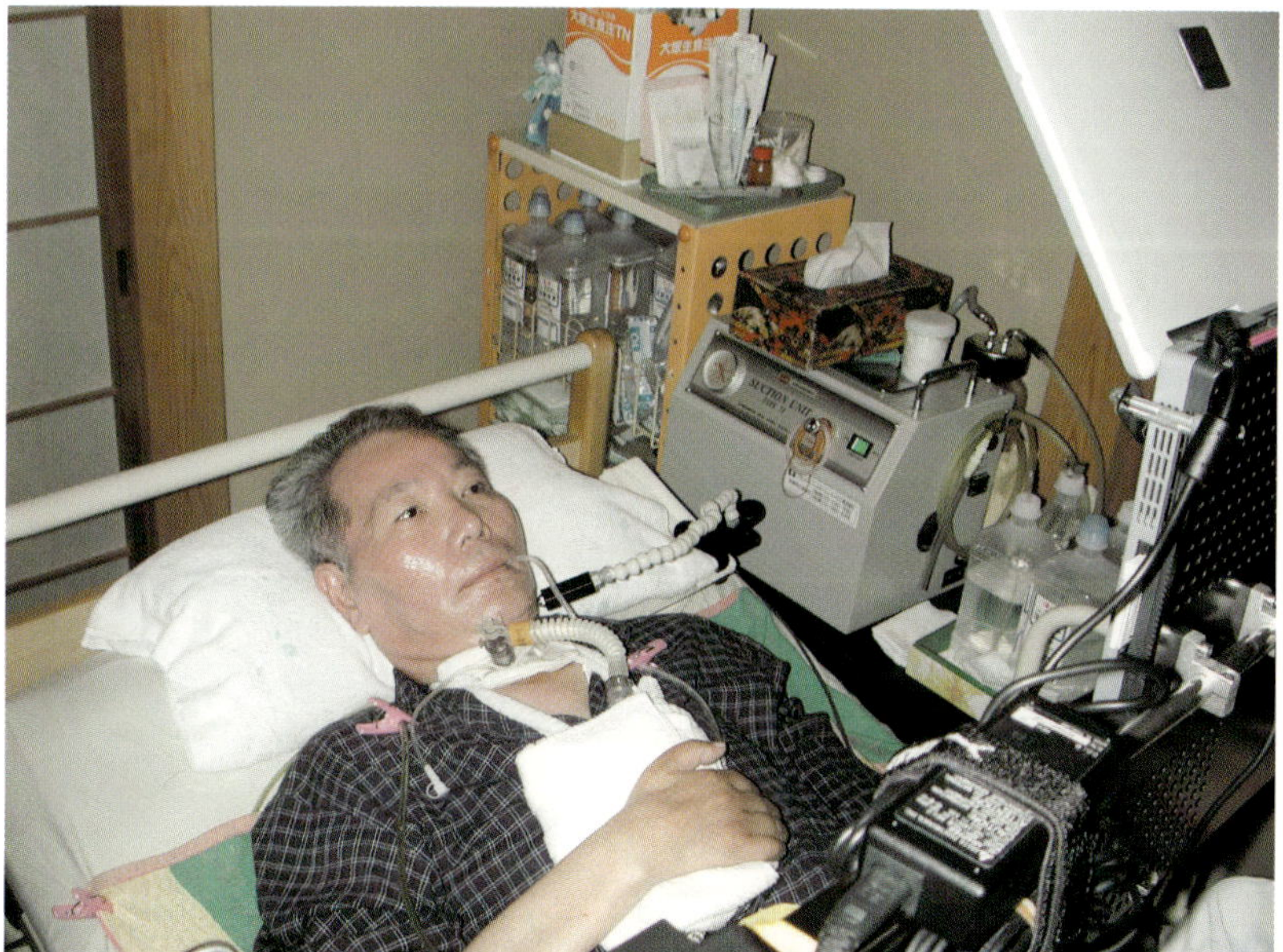

顎センサーを使い、意志伝達装置“伝の心”で原稿執筆

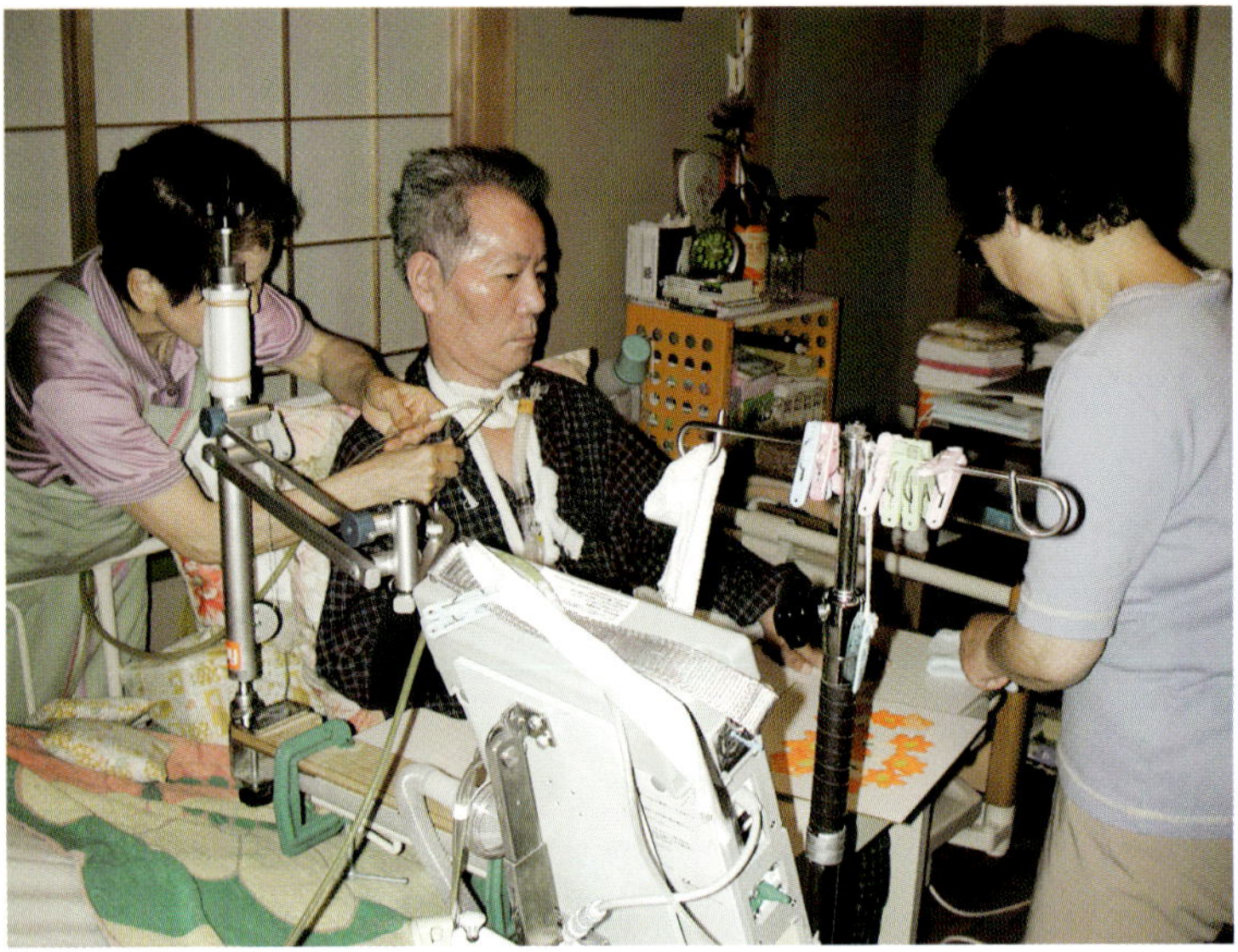

吸引しながら趣味の絵を描く

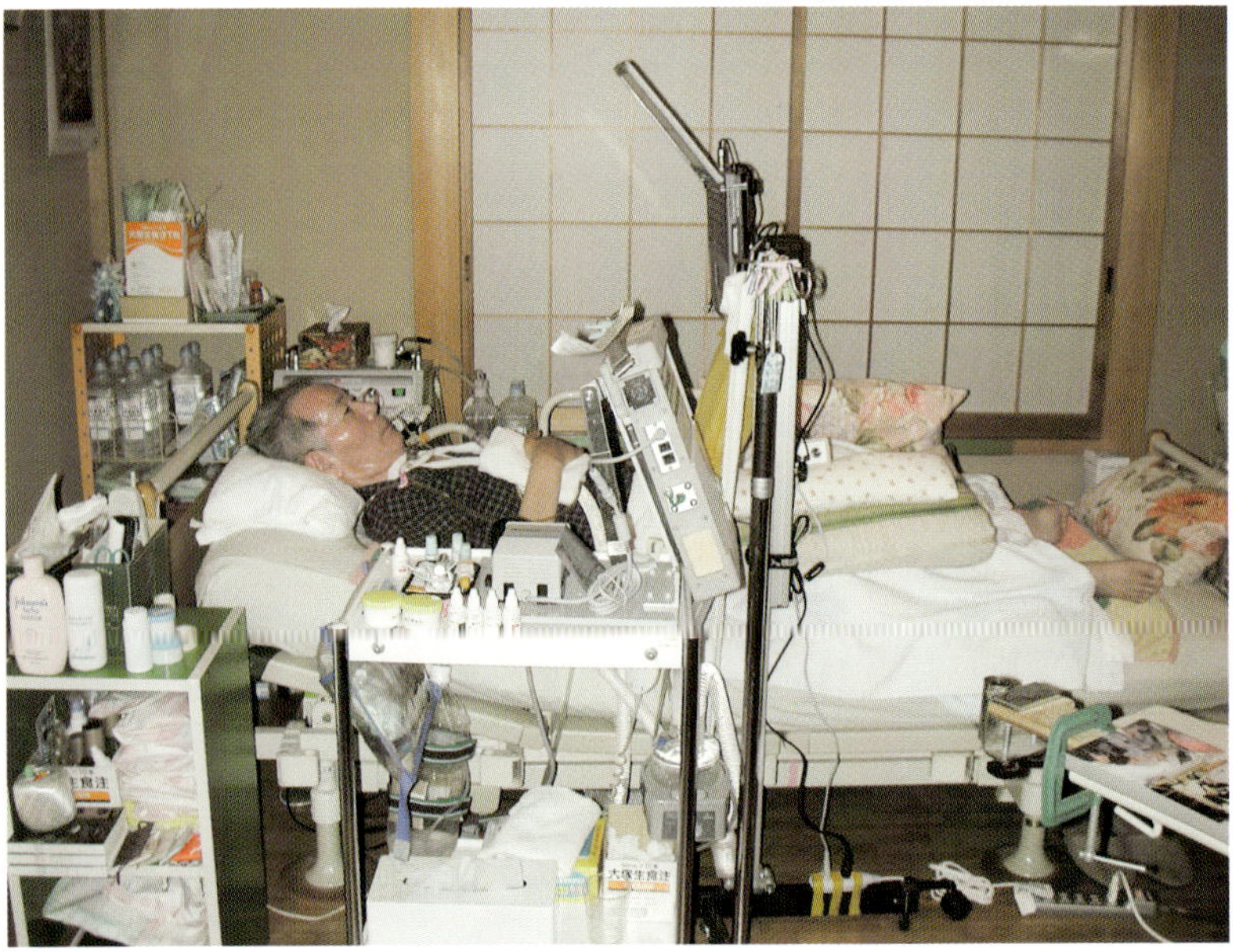

自室ベッド全景

まえがき

私は、東京都西東京市在住、六十七歳の男子、筋萎縮性側索硬化症（ＡＬＳ）の患者です。発病して満六年経ち、七年目に入りました。

病気の告知を受けた時は頭の中が真っ白になり、何がなんだかわからない混乱の極みに達した状態でした。そして考えることは「私の人生もこれで終わりか？」「それにしても、なぜこの私がよりによってこんな病気になったのか？」といったことばかり。

考えてみても、まったく思い当たるふしが見つかりません。毎年、会社の健康診断を受け、人間ドックに入ってその数値や先生のアドバイスに一喜一憂していたのはいったいなんだったのだろう？　あれこれ考えてみてもますます混乱するばかりでした。

今思うことは、どんなことをしても避けることの出来ない病気があるということで、それは向こうから勝手にやってくるということです。そのように考えるしかないと思うようになりました。

発病後しばらくして少し落ち着きを取り戻した私は、ベッドに横たわり人工呼吸器に繋がれていないと生きていけない現実を受け入れざるを得ないと考えるようになりました。

そして、このように手足が動かず、なにひとつ自分ではできない私にも、ただひとつ人並みに自由に出来ることがあるのに気づきました。それは「心をコントロールする」ことです。これだけは手足が動かなくとも、口がきけなくても自分の意思で自由になります。

心を上手にコントロールすれば、無限の空間を楽しむことができ、きっと新しい世界が生まれてくるはず。そして「そうだ、私の心に翼をつけよう！　そしてこれから知らない世界に向かって大いに楽しもう」と決意したのです。

それから、一人で悩んでいても展望が開けないので、まずALSに関する情報を集めるため、簡単なインターネットとメール交換が出来る機器を手に入れ、情報を集めました。また一方で、患者団体である日本ALS協会に加入して多摩ブロック会に参加してみました。

多摩ブロック会に参加してみると、同じ病気を持ちながら病と向き合い生活している方が、私の他にもたくさんおられるということが肌で理解できました。

そして、患者の一人一人がそれぞれに工夫し、またその患者にかかわる介護のスタッフの方々もそれぞれに工夫を凝らして介護されているのがとても参考になりました。

例えば、交通手段としての車はどのようなものを使用されているのか？　車椅子は？　人工呼吸器は？　ポータブル吸引器はどのようなものを使われているのか？　などなど。どれもこれも、みな参考になることばかりでした。

そうして何回か出席しているうちに、新しくメンバーになった患者や家族の方から質問を受けることも度々となり、私の拙い経験をお話したりすることも増えました。それが、初めての方にとっては貴重な情報となったようです。そのことを感じ、私も先輩から情報を受けるだけでなく、自らも情報を発信しようと考えるようになりました。

また、ＡＬＳ患者は数が少ないので、一般の方々にとってはなじみの少ない病気です。しかし、一人でも多くの方にこの病気を理解していただきご支援を受けないと、患者や家族は安心して生活できないものでもあります。さらに、病気の原因や治療法、治療薬の研究開発も、みなさんのご理解なしに進まないと考えています。

そして、そうしたことを他人がやってくれるまで待つばかりでなく、患者自身も出来る人が出来ることを自らやることによって、少しずつでも前進できるのではないか、と思うのです。

そのような考えの下に、今自分に出来ることはなにか。それは、たとえ拙い経験であっても、それを整理して皆さんにお伝えすることだと考え、ここにペンを執りました。

はたして目論見通りにいくか、最後までたどり着くかわかりませんが、諦めないでやってみようというつもの気持ちで始めました。

長谷川　進

目次

目　次

HASE
GAWA

第1部 ALSとの闘い

予兆

私は、健康にはいささか自信を持っていました。１９３８年静岡県島田市に生まれ、小学校は精勤賞、中学校は皆勤賞、高校も精勤賞、大学もE.S.Sに参加し部室には毎日顔を出していました。スポーツ歴も中学で軟式テニス、高校では器械体操。そして就職してからも健康診断は欠かさず受け、40歳を過ぎてからは年１回の人間ドックは必ず受診して胃カメラ検査も受けていました。結果はいつも、44歳の時に胆石症で胆嚢を切除した影響からかγ—GTPが少し高いと言われるくらいで、その他は異常無しでした。そんなわけで、この私が病気で倒れるとは夢にも思いませんでした。

１９９９年６月に定年退職。そして、さあこれから好きな絵を描いたり、テニスやゴルフをしたり、地域の文化活動に参加したりして、ゆったりと楽しみながら生きていこうかと考えていたところでした。

そんな７月のある日の朝、テニス肘で右腕が痛むので整骨院で診てもらおうと妻に話しました。そうしたら、妻も腰痛があり一緒に診てもらおうということになり、ふたりでそれぞれ自転車に乗って出かけました。

自宅近所の交差点に差しかかったところ、押しボタン信号機が赤だったので自転車に乗ったままボタンを押そうと思い、近寄って腕を伸ばしました。ところが指は空を切り、バランスを崩してしまいました。慌てて右足を着いて立ち直ろうとしましたが、今度は右足が空を切ってしまい、自転車ごと車道に倒れこんでしまったのです。

幸い、車が走って来なかったので大事には至りませんでした。しかし、メガネは吹っ飛びイヤというほど右の肋骨を打ちつけました。こんなことはそれまで無かったことでした。前述のように高校では体操部に所属していましたし、柔道の受け身も多少心得がありますから、それまでならば０・５秒もあれば対処できたはずです。

今思えば、退職と前後して、駅の階段を駆け上がるのが面倒になったなとか、つまづきやすくなったな、と感じることはありました。そしてこの転倒の時も、これは少し変だぞ、とは思いました。しかし加齢のためかなと自らを納得させ、この身がＡＬＳに侵されているとは全く気がつきませんでした。

その後、体力回復のため鉄アレイを使ってトレーニングを始めましたが、それまでの5キロの鉄アレイでは重すぎるように感じ、３キロにしました。

8月になって、ゴルフを3回しましたが従来と比較してボールの飛距離が短くなり、スコアメイクに苦労しました。この時も加齢による体力の衰えと考え、９月になって涼しくなったら本格的にトレーニングに取り組もうと思いました。

9月に入り、予定通り近くのスポーツジムに入会し、トレーニングを始めましたが腹筋の衰えは想像以上でした。また、ジムから帰ると以前よりひどく疲れ、昼寝をしないと何をする気にもなりません。中旬になって少し風邪気味となり病院で診察してもらったついでに、血液検査、尿検査、便の検査をしてもらいました。便に少し潜血反応があるというので大腸の検査をしてもらいましたが、特に異常は見つかりませんでした。

しかしながら、相変わらず疲れがとれず、食欲が落ち眠りが浅くなりました。そこで掛かりつけの病院で医師に相談したところ、「心療内科のある病院を紹介するので、そちらで相談してみては」と紹介状を書いてくれました。

呼吸停止

そうこうしているうちに、十月になりました。当時、家の建て替えを進めており「四月着工→十月一日引き渡し」ということで引っ越しの準備と家の工事の進捗状況のチェックに忙しい日々を送っていました。予定通り十月一日引き渡しとなり、だるい体に鞭打って朝から3~4時間、建築業者と一緒になって家の中のチェックをしたり、外構のチェックをしました。ですが、引っ越し自体はさすがに体がついて行かず、家内と子供に任せました。

十月四日、心療内科への紹介状を持って自宅から2キロほど離れた公立昭和病院へ1人で自転車に乗って出かけました。今思えば、よく事故にも遭わずに無事行って帰れたと思います。心療内科の先生に今までの経過をお話しましたところ、

「退職して環境が一変した影響ではないか」

ということとなり、夜眠れないのであれば睡眠薬を処方しますので、それでしばらく様子をみましょうと

いうことになりました。家に帰って、引っ越し荷物の山の中に布団を敷き、家内や子供達が忙しく動き回るのを寝ながら眺めていました。

しかし、その後も体調は一向に良くならず、食欲はますます細っていきました。7日の夜には、心配した家内が田無駅前の佐々総合病院へタクシーで私を連れて行き、そこで当直の医師の診察を受け、点滴をしてもらいました。ですが、医師の診察では特段変わったところはなく、食欲がないようでしたらまた明日来てくださいとのことでした。

このあたりから私自身の記憶がなくなり、以後、翌日に発作を起こし昭和病院のベッドで気がつくまでのことは、後に家内から聞き確かめたものとなります。

翌朝、家内が私の異変に気づきました。ぼんやりして意識も朦朧となっていたそうです。そこで、朝一番に病院に連れて行くため、早稲田に住んでいる長男に電話してすぐ来てもらいました。長男が車を運転し、妻が付き添いで病院へ行き、そこで下車。妻の肩を借りてよろよろと歩いて病院内へ。駐車場が満車なので長男は自宅で待機することにし、妻が私を待合いの椅子に座らせ、受付をしました。その間に、突然私は体が硬直して椅子に引っくりかえってしまいました。妻は急いで病院スタッフに状況を告げ、車椅子を取り寄せ、私を乗せて2階の内科の処置室に車椅子ごと受付もせずに入り応急手当をお願いしました。

時間がちょうど9時を回ったところで内科の先生方も揃っていたので、外来の医師4～5人が駆けつけてくれました。当時の状況は、完全に意識がなくなり、処置室の中で呼吸が停止したそうです。しかし、心臓マッサージと人工呼吸でなんとか一命を取り留めました。

今思えば、病院で倒れたこと、そして時間も先生方の揃った朝9時ということが幸いしました。場所と時間の片方でも違っていれば、もう助からなかったと思います。

そこで蘇生などの一応の応急処置は済み、緊急の血液検査の結果、病名は劇症肝炎ということとなりました。GOT、GTPが3000以上もあったそうです（基準値は、GOT8〜40、GTP5〜35くらいです）。しかし、佐々総合病院では対応が難しいとのことで、そこから3キロほど離れた公立昭和病院へ転院することになり、午後2時頃に救急車でそこの救命救急センターへ搬送されました。

昭和病院での検査の結果でも劇症肝炎ということで、

「交換輸血をしますが今晩が山ですから、家族、親戚、親しい人を呼ぶように」

と言われました。1回目の交換輸血は夜11時過ぎに終わり、その結果、病状は急速に回復しました。倒れた時は4桁あったGOT、GTPの値が、3桁まで下がりました。

そのままICUに入院。どのくらい時間が経ったのか、意識が回復しました。なにか砂のピラミッドに埋もれていてものすごく喉が渇き、砂をかきわけ下の方へ降りて行く途中、女性が現れ声をかけている。赤い口紅がとても印象に残っていますが、多分看護師さんが声をかけたのだと思います。自分では一言二言言葉を交わしたという意識を持ちましたが、そのまま、再び意識不明となりました。

しばらくしてまた意識が戻りました。今度は頭の上で医師たちの話す声が聞こえましたが何やら緊迫した雰囲気で、病状は普通の状況でないことが判りました。それから、家族や兄弟の声が遠くでしていました。

その晩は、一晩中ウツラウツラしながら遠くで大きな声で男性がわめいているような、夢か現実かわからない世界をさまよっていました。病状は安定しましたが、口から気管挿管、鼻から栄養補給のチューブ、おむつと排尿のチューブがついている状況でした。

気管切開と人工呼吸器装着

その後、病状は峠を越え、安定しましたが、引き続きＩＣＵでの入院生活となりました。この時、口の中の管を噛まないように厚いゴムを口に入れ、それを常時噛んでいなければなりませんでした。しかし、これでは口から栄養を摂ることができません。そこで入院後10日ほどして気管切開をすることになりました。

当時の意識としては、一時的に気管切開していずれ呼吸筋が回復すれば元に戻ると考えていました。従って、人工呼吸器をつけることの意味をそれほど深く考えていませんでした。

他のＡＬＳ患者の方を見ていますと発病からの経過はまちまちですが、一般的には口の動きが悪くなったり、飲み込みが悪くなったり、手足の動きが悪くなってから呼吸が困難になり、そこで人工呼吸器をつけることが多いようです。その際に人工呼吸器をつけて生きるべきか、否かを考える時期があります。

ヨーロッパのカソリック教を信ずる国々では、最近まで人工呼吸器をつけずに自然死を選ぶ人が多かったようです。一方、アメリカでは機能を失った人間の器官に代えて、人工の器官をつけてでも生きようとする人が多いようです。日本でも近年人工呼吸器の発達は目覚ましく、性能も優れたコンパクトなものが現れ、人工呼吸器をつけても外出できるようになり、徐々につける人が多くなって来ました。

しかし私の場合、最初に呼吸筋が侵されて呼吸停止の発作を起こし、考える時間もなく人工呼吸器をつけるハメになりましたので、人工呼吸器をつけて生きるべきか否かを悩む余裕はありませんでした。

手術の日、私はモーツアルトのディベロッチメントを聴きながら、麻酔をかけてもらい、目が覚めた時には手術は終わっていました。喉にカニューレが差し込まれ、その先は管で呼吸器につながれていました。人工呼吸器は、バイパップの医療用の大型のもので、オシロスコープがついていて呼吸する度に呼吸量が表示されるものでした。

最初、気管内圧力は14でしたが、少し自発呼吸があるということで12、さらに10と下げ、8、7まで下げたところで呼吸が苦しくなり9に戻しました。それから現在も9にしたまま生活しています。

手術をして3日目から食事を摂ることが出来るようになりました。排泄もポータブルトイレをベッドの横に置き、ベッドから降りて用を足すことにしました。ところが、このために最初にベッドから降りて足を床に着けた時、足に力が入らず立つことが出来ず、こんなにも短い間に体力が落ちてしまうことに驚きました。

ＩＣＵにいる間、いろいろな検査の連続で病気の原因追求の毎日でした。最初の1週間は劇症肝炎の対応と病状が落ち着くのを待ちました。その後、ＭＲＩ、痛みの伝わる早さの検査など、病気原因の特定が始まりました。その間に、先述のように気管切開をして、人工呼吸器をつけたのです。

そうこうしているうちに10月の下旬になったある日、先生から病状も安定しているのですぐ隣の救急病棟に移るように言われました。同じフロアで隣であるし、何かあれば同じ先生が対処しますから、というので安心しました。しかし、まだ病名を言われていないので、一抹の不安はありました。

11月初旬に救急病棟に移ってからは、歩行訓練を勧められました。アンビュー（手動式の簡便な呼吸器）を押すことからはじめ、ベッドから降りて4～5メートル歩いてみました。それから毎日少しずつ距離を延ばし、一般病棟に移る頃にはナースステーションの中をあちこち歩くことが出来るまでになりました。

そして11月中旬、今度は一般病棟に移ることになりました。一般病棟は、病院の北側3階にあり、その窓からは丸井の研修施設やグラウンドが見えました。秋空の下でテニスを楽しむ人たち、野球を楽しむ人たちが見え、数ヵ月前までは自分もあの人たちの側にいたのに、今は病院のベッドの上に横たわる身となってしまった、という運命の苛酷さが身にしみて感じられました。

一般病棟に移ってからは特別変わったこともなく、検温、血圧を測り痰が詰まれば吸引する、そしてリハビリと歩行訓練を続ける毎日でした。アンビューを押しながら病院の廊下を2往復することが日課。シーツ交換の時も、アンビューを押して廊下のソファで待っていました。

この頃は比較的時間もあり、落ち着いていましたので、自宅から水彩絵の具を取り寄せて窓から見える丸井のグラウンドや紅葉した木々を描いてみました。病気になってから初めて絵筆を握り、再び絵が描ける喜びを感じました。

12月に入ると、婦長さんから在宅療養の話が出てきました。かねてから噂に聞いていましたが、病院というシステムでは3ヵ月いると移らなければならないと。これは患者の都合は考えないで、病院の都合でこのようにされるらしい。このことが今自分の身にも起ころうとしているのだと思いました。

しかし、在宅となると一番負担になるのは家内であり、いろいろ心配ごとが起きてきます。そこで、不安解消のためにはケースワーカーについて実際の家庭を訪問してみるのが一番てっとり早いと、その段取りを婦長さんが手配してくれました。しかし、担当のケースワーカー氏が予定の当日風邪で来られなくなりこの話は立ち消えとなりました。

その後しばらくして、婦長さん、病院の訪問看護師、日常の訪問を担当する訪問看護ステーションの看護師、それに家内とで在宅介護の打ち合わせをしました。

ベッドの調達はどこからするか、ベッドをどの部屋に置くか、和室に置くとすれば畳はどうするか、家の吸引器はどうするか、通院時の吸引はどうするか、車椅子は、通院時の交通手段は、などなど急遽解決しなければならない現実の問題が押しよせ、にわかに忙しくなりました。その一方で、まだ先生から正式に病名を知らされていないのが心配でした。

12月16日、先生より病名の告知、病気の説明がありました。この件は改めて詳述したいと思います。

在宅の話はその後着々と進められ、病院からは年内に退院の話が出てきました。

しかし、退院直後のばたついた年末年始に自宅で何かが起きた場合には対応が困難と思い、また当時は2000年問題が騒がれており万が一停電が発生した時の対応も困難であると思い、年が明けて世の中が動き出してから退院することにして、その日を1月12日と決めました。その前に、外泊という形で2泊3日で一時帰宅をすることにしました。

12月25日、市の搬送車を手配して家に帰りました。病気で倒れてから初めての外出であり、家の玄関を入り新しい木の香りがプーンと鼻をつくのを感じつつ、ああ…生きて家に戻れたと実感しました。生きて家の敷居をまたげるとは思っていなかったので、家に入った時には万感胸に迫るものがありました。そしてベッドに横になり天井の板の模様を眺め、やはり自宅が一番落ち着くなとつくづく思う一方、これからの在宅療養のことを考えると、そう喜んでもいられないと複雑な気持ちでもありました。

外泊は、アッという間に終わり、また病院の生活が始まりました。２０００年問題も何事も起きることなく過ぎ、病院にもゆったりとした新年の空気が流れていました。

病名告知

12月16日、いつものように午後のリハビリを始めようとした時、主治医の先生から呼び出しがありました。そこで家内と一緒に車椅子に乗り、医局の中の先生の机のところに行きました。なんとなく先生の雰囲気がいつもと違うなと感じました。

机の前で落ち着いたところ、先生より開口一番、

「長谷川さんの経歴と奥さんの経歴から考え、病気のことについて一切をお話します」

と言われました。そして、

「病名は、筋萎縮性側索硬化症です。この病気のことについて知っていますか？」

と尋ねられました。

小生は

「初めて聞きますが、なんとなく筋ジストロフィーのような病気ではないでしょうか」

と答えました。比較的冷静に受け止めることができましたのは、この病気についての知識がなかったため、自分の病気について話されているのではなく、他人の病気の話をしているような錯覚に陥っていたからだと思います。

先生は、この病気は進行性であること。従って徐々に手足が動かなくなり、更に進むと嚥下障害などを

起こし体全体が動かなくなること。病気の原因はまだ解明されておらず、治療法も確立していないことなどを話されました。しかし、研究もされており治験薬がありますとも言われましたので、早速服用を申し入れて手続きをお願いしました。

しばらくして、リルテックという薬を服用しました。しかし、私の場合、2週間ほどで肝機能が低下するという副作用が出てきましたので中止しました。もっとも、リルテックも病気の進行を遅らせる作用はありますが、積極的に病気を治すという作用まではないということです。それに効果には個人差があって、小生の場合は副作用が大きく中止せざるを得ないということでした。

病名を告知された瞬間は他人事のような気持ちでしたが、病室のベッドで1人になってみると何かとんでもない病気になってしまったなと思いました。原因についてあれこれ考えてみましたが、これといって思い当たることは浮かんできません。健康診断で特別指摘されたこともなく、幼い頃からのことを思い出しながらいろいろ考えてみましたが、思いは堂々巡りするばかり。しかし、現実はこうして病院のベッドに横たわっており、人工呼吸器のお世話にならないと1分たりとも生きられない。転倒による打撲で一時的に呼吸筋が傷んだというかすかな望みも消えました。

これが現実、この現実を直ちに受け入れよと言われても、そうすんなりとは受け入れ難い。しばらくの間、悶々と悩み続けました。そうしている間にも現実は動いており、退院の手続きは日に日に進められていきました。

悩んでいるより現実に対応しなければということで、小生亡き後起きてくる問題を解決しておくために、遺言状を書くことにしました。懇意にしている弁護士に来てもらい、遺言状の書き方、ポイントを教えてもらい、頭のなかでいろいろ整理しました。整理してから妻とも相談し、退院してから自宅で早速作成しました。

それから家内に対して、結婚以来の思いをあれこれまとめ、書状にして渡しました。その他書き残したいことは、ノートに「これからのこと」ということで、思いついたことを書きました。そうして身辺の整理を済ませると、何か気持ちも落ち着いてきました。

退院／在宅療養

2000年も5日を過ぎると病院も平常に戻り、全体に活気が出てきました。私の正式退院の準備も進み、1月12日退院の運びとなりました。当日は市の車椅子搬送車を手配し、午前10時頃準備も完了して看護スタッフの皆さんに挨拶して車椅子に乗り、病院の1階の出入口に降りていきました。

自動ドアのガラスの外には風花が舞い、寒そうでした。車のところまで主治医の先生、婦長さん、看護師の方数人が見送りにきてくださいました。これが完治しての退院であれば本当に喜べるのですが、この先何年続くかわからない闘病生活の始まりかと思うと、もろ手を挙げて喜べぬものが胸にひっかかってもいました。でも、当面病院のベッドでの生活ではなく、住み慣れた自宅での生活が出来ることで心は弾んでいました。そして、これからの生活で何か起こった時に備え、S先生と看護師のTさんが自宅まで同行し、小生のこれからの日常生活の環境を確認してもらいました。

自宅のベッドに横たわり、天井の木の模様を眺め、人工呼吸器の音を聞きながら「ようやく生きて自宅に戻れたな」という実感が込み上げてきました。同時に、これからの生活を考えると何かにつけ家内に負担をかけるので、自分で出来ることは出来る限り自力でやろうと決心しました。しかし、正直なところどれだけのことができるか心もとない限りでもありました。

自宅で最初にすることは、環境に慣れることでした。特に問題なのは室温です。病院は冷暖房完備で室温が一定ですが、自宅ではそこまで温度管理が出来ません。ゆえに、自力で気温の変化に対応しなければなりません。夜間や明け方は気温が下がりますので、慣れないうちは布団をついつい多めにかけてしまい寝汗をかいてしまいました。

また、現在使っている人工呼吸器（ＬＴＶ）は排気専用の回路があり、布団の外に回路の先端を出せば布団を肩までかけることができて暖かいのですが、最初につけた呼吸器（ＢｉＰＡＰＳ／Ｔ３０）は専用の排気回路がなく、カニューレと回路の接続部分に排気用の小さな穴があってそこから排気する仕組みになっています。従って、布団を肩までかけるとその小さな穴が胸のところにきて、布団でふさがれうまく排気出来なくなってしまいます。そこで布団は胸までかけ、肩は出したままでバスタオルを肩にかけたりして保温に努めました。

それでも退院直後は体温調節がうまく行かず、夜間37度５分位の微熱が出ました。退院して３日目、とうとう38度を超える発熱となり風邪をひいたようで、病院から薬を処方してもらいました。また、発汗が続いたので急遽点滴をしてもらいました。

訪問看護師さんが見え、鴨居にハンガーをかけそこに点滴液の袋を吊るして点滴を始めたのを見て、訪問看護の場合は機転を利かせて身近にある機材で代用する能力も必要だと思いました。

1週間ほど熱は上がったり下がったりしましたがようやく落ち着きました。それでも完全に落ち着くまでには1ヵ月ほどかかり、自分で何かしようかなという気分になったのは2月に入ってからでしょうか。その間は、あまり動くと熱が出る、薄着では風邪をひくといって、毎日体温計とにらめっこして一喜一憂する日々でした。

退院後の介護体制は、昭和病院の訪問看護が週2回（その後、週1回となる）、佐々訪問看護ステーションのリハビリが週2回、そして4週に1回の昭和病院受診、その時にカニューレ交換、さらにその中間で近所の医師によるカニューレ交換という体制でした。

入浴は病院の訪問看護師さんがみえる時に、家内と2人で週1回実施しました。風呂までアンビューを押してもらい、ゆっくり歩いて行き、シャワーチェアに座って体を洗い、そして浴槽に入る。最初はアンビューを押す人との呼吸が合わなくて苦しくなることもありましたが、慣れてくると呼吸もピッタリ合って自然に呼吸するのと変わらないくらいになりました。洗髪は、家内1人で週2回、洗髪パッドを使って実施しました。洗髪はその後入浴サービスを利用するようになるまで、家内がやってくれました。最初の頃は、小生の体も少しは自分で動かせたのですが、２０００年10月頃にはもう動かすことができなくなり、もう家内１人では出来なくなってしまいました。

自宅での最初のカニューレ交換の時は、昭和病院からS先生が見え、近所のT先生と引き継ぎを兼ねて実施しました。T先生は神経質そうに見え、何事も慎重に進めるというタイプで信頼がおけそうだなと思いました。気管切開（気切）をしてから4ヵ月近くなって肉芽が出来ており、かつ気切部分が狭くなっていて、カニューレを挿入する時、痛んで出血しました。

昭和病院での診察を受けるために出かけなければならなくもなりました。市の搬送車を依頼して、朝8時半に来てもらい私は車椅子に乗り、人工呼吸器は別のワゴン台車に載せてその回路が引っ張られない範囲で車椅子と併走しながら搬送車に乗せる。病院では廊下を車椅子とワゴン台車をそれぞれ別の人間が押し併走させるのですが、これが結構難しいのです。

その他の荷物として、呼吸器用バッテリー、吸引器、カテーテル、蒸留水、水道水、吸引用手袋、酒精綿、点滴用支柱などなど、いざ出かけるとなるとこんなにも荷物があるのかと驚きました。残念なことですが、これでは外出もそう簡単には出来ないな、と感じました。

退院直後の2月に入ってしばらくすると、家内の父親が危篤という知らせが届きました。

こういう時、家内をすぐに実家に遣りたいのですがこれが簡単に出来ないのが在宅介護の悩みです。家内の代わりになって、小生を介護する人がすぐに見つからないからです。そこで主治医の先生に相談したところ、退院後微熱が続いたことの検査と、気切部分の肉芽や狭くなった気切部分の検査をするのを合わせて短期入院してはどうか、その間に実家へ必要とあらば帰っては、と提案され、それをありがたく受け入れました。

2月17日に昭和病院へ再入院し、肉芽の切除や狭くなった気切部分を拡げる手術もしていただき、3月11日に退院しました。その間を利用して家内は実家の父親を見舞いましたが、すでに意識はないという状態とのことでした。

3月に入り、桜前線の話題がテレビで放送される頃になると体調はかなり回復してきて、以前描いた小さな油絵を引っ張り出して描き直すほど元気になりました。

それからしばらくして3月24日夜、家内の父は還らぬ人となりました。家内を何とかして葬儀に出させようとまた主治医に相談し、大変無理を言って3月25日に入院し、4月1日退院させてもらいました。主治医のU先生には本当にいろいろご配慮頂き感謝しております。

最初に入院してからこの退院までの6ヵ月間、病院での生活が3分の2でした。よって、在宅療養の実質的な始まりは4月からであるといえます。退院の日、4月1日は風が強く、桜の花は咲き始めていましたが、とても花見をしようという気にはなれない天候で、真っすぐ家に帰りました。

睡眠薬との決別

(2000年) 4月ともなると大分気温も上がりしのぎやすくなり、在宅での生活も順調になりました。この頃の課題は、睡眠薬を止めることでした。

発作を起こしての入院の直前、眠れないことから心療内科で睡眠薬を処方してもらい、その後ずっと服

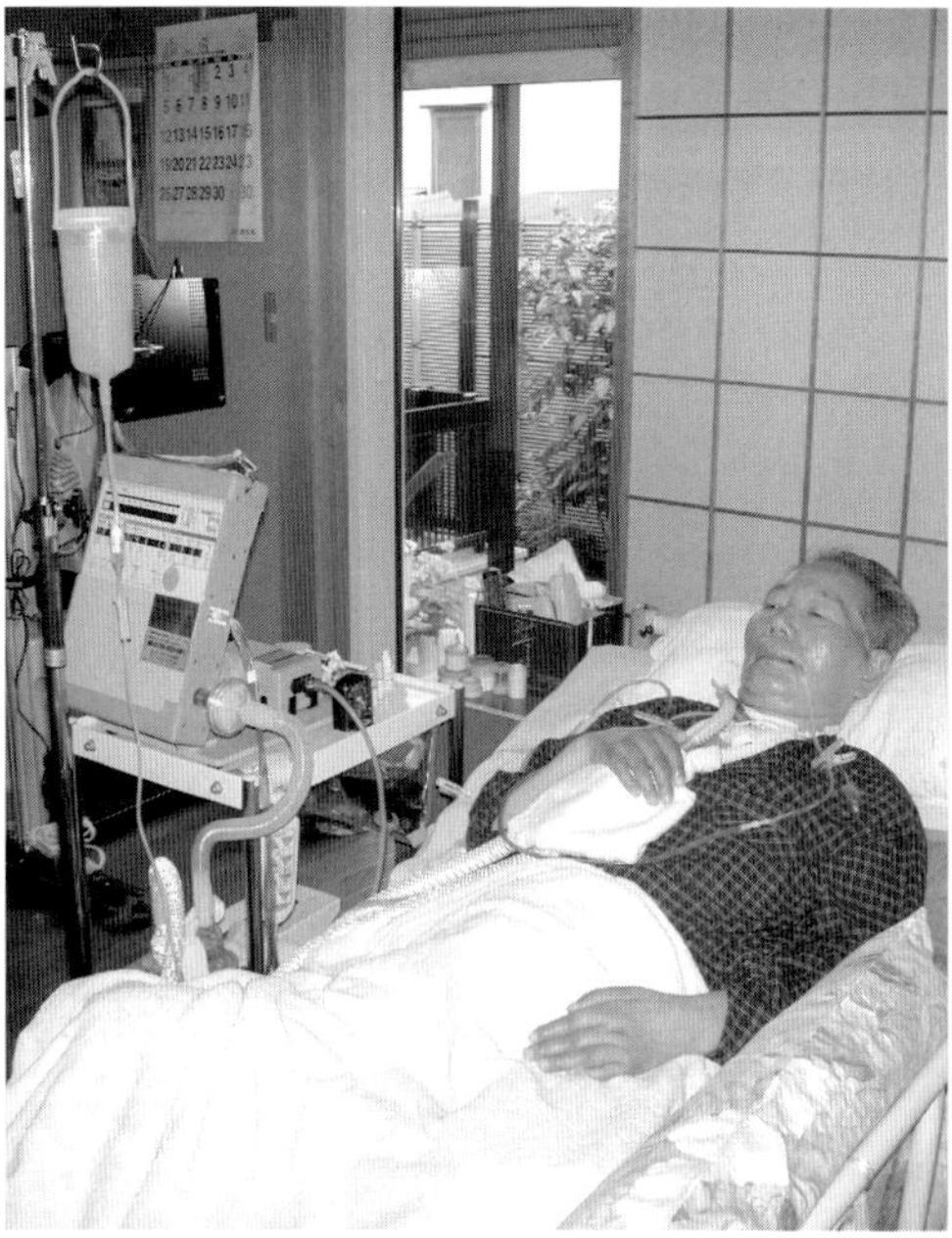

自室にて

用してきました。入院してすぐは気管挿管されており、これだと喉に異物が入っている感じが強く、エアを送る音も気になり睡眠薬なしでは眠れない状態であり、気管切開後はこれまた睡眠薬の助けを借りなければ眠れない状態でした。

人間の急所というべき喉仏の下に穴を開け、カニューレという人工のプラスチックの器具を入れて、それと人工呼吸器本体とを蛇管の回路で結び空気を送り込むのです。そして、このカニューレがなかなか体に馴染まないのです。

その上、体を動かすとこれが喉を刺激してむせ返る。立ち上がると回路の重みで引っ張られて、喉が刺激されむせる。むせると痰や分泌物が出て、カニューレに詰まる。すると呼吸が苦しくなり、吸引しなければならない。体が完全に動かなくなってしまった人は回路を固定していますが、小生の場合はこの頃はまだ体を動かせたので、回路を固定してしまうと体を動かせなくなってしまいます。それに固定しますと逆に体の硬縮が進み、病気の進行を早める結果になります。

四六時中、急所に異物が入っていて、変な動きをすれば刺激されて苦しくなるという意識がいつもある。それと夜寝る時、人工呼吸器の音がザー、ザーと頭のそばでしている。

こんな状況の中で眠ろうとすると、考えなくてもよいことまであれこれ考えてしまう。一方では、このまま眠るともう目が覚めないのではという気もする。深い奈落の底に落ちて行き、二度と浮かび上がって来ないのではという気もする。なにか引力が無くなった星のように、宇宙の闇の彼方へ飛んでいってしまい、二度と戻ってこれないのではという気がしてますます目が冴えて眠れない。

こういう状態になると、もう睡眠薬の力を借りなければ眠れません。しかしながら、先述のように劇症肝炎になった体ですから、出来る限り肝臓の負担を軽くした方がよいため、睡眠薬を中止することにしました。

最初は今晩からは飲まないと決心して眠ろうとするのですが、やはり眠ることが出来ず睡眠薬を要求してしまいました。そこで2錠の薬を1錠にすると、なぜか安心して眠れるのです。その後しばらく1錠で様子をみて、それから中止してみるとやはり眠れない。これは薬を今日は飲んでいないという、その気持ちが先に来て眠れなくなってしまうのではないかと思うのですが、頭でわかっていてもその通りには出来ないのが人間のようです。

そこで今度は睡眠誘発剤を服用することにしました。この薬は睡眠薬より弱い薬ですから、なにか中途半端で昼間眠くなったりしました。でも、眠れなければ眠らなくてもよい、自然に任せるしかない、自分の力ではどうすることもできない、と開き直ったら不思議と眠れるようになりました。今考えると、きっと体が限界に来ており、何も考える余裕がなくなっていたから眠れたのだと思います。

しかし、振り返ってみるとあの闇の世界は一体何だったのだろう。恐ろしい宇宙の果てのような闇は。あれはやはり死の世界だったと思います。眠れなかったのは、無意識のうちに死の世界を忌避しようということの表れだと思いました。そして死について正面から取り組む必要があると感じました。

死はなぜ恐ろしいのか。人はなぜ死を忌み嫌うのか。死は不明の部分が多い。死んだ人でこの世に戻ってきた人はいない。死後の世界を科学的に解明し、説明できた人はいない。不明の世界、説明のできない世界は、人々にとって恐怖の世界であります。

凡人の私にとっても死の世界は恐怖です。一応仏教徒と自称する者ですが、そんなに深く宗教に関わったこともなく、いわゆる葬式仏教に関わったくらいです。死後の世界は、地獄と極楽があるくらいしか理解しておりません。それも本当にあるのか無いのかとなると、はっきり答えられません。でも最近は、何も無いよりはあるだろうと信ずるようになり、あの世に行ったら親父やおふくろに、また兄や友人にきっと会えるだろうと思うようになりました。

その方が楽しいではありませんか。

そしてある時、現在の自分が今日あるのはいろいろ努力して来た結果であり、自分の力や意志の力と考え、生きることも死ぬことも自分の力の及ぶことと考えていたのが誤りであることに気づきました。

考えてみれば、静岡の片田舎に7人兄弟の5番目に生まれたことは、自分の意志とは全く無関係であり、今の病気も自分の意志とは全く無関係であります。もっと考えると、太陽が大爆発を起こし太陽系の惑星が誕生し、地球という星が太陽から光が18分で届くところに止まったことで水が生まれ、光合成で生物が生まれ、それが進化して人類の誕生となったことも自分の意志とはなんら関係ありません。もし、地球がもう少し太陽に近いところあるいは遠いところに止まっていたとしたら、火星のように水も無く生物も人間も誕生していなかったと思います。

このように考えると、人間の力の及ばないことがこの世にはいっぱいあることに気づきます。人が生まれることも死ぬこともその1つであります。そのことに気がつくと、死ぬことにこだわるのが馬鹿げてきます。

それに、人間の目や耳で確かめられないことや、科学の力では解明できないこともたくさんあります。死後の世界もその1つであると思います。ならば、死後の世界を信じて多くの知故にめぐりあえると考え楽しみにするのがよいと思えるようになりました。

こんなふうに自分流に考えがまとまりだしてからは、夜、睡眠薬なしで眠れるようになり、睡眠薬と決別することができました。

リフト付き搬送車と車椅子

車椅子を利用する身になって思うことは、まず移動の大変さです。ここでは、それを助ける大事な道具としてリフト付きの搬送車と車椅子について触れてみたいと思います。

まずはリフト付き搬送車から。

1999年の秋に私は発作を起こし緊急入院、その年の暮れに自宅療養のテストもかねて一時帰宅をしました。それまでは自家用車（普通のセダン）を保有していましたが、それは車椅子対応ではありません。そして、その時はまだ車椅子ごと搭載可能な搬送車を保有していませんでしたから、市の搬送車を利用することにしました。

その後も病院への定期的な通院に市の搬送車を何度か利用させてもらうことになりました。しかし、これを利用するためにはあらかじめ予約をしなければなりません。予約のシステムとしては、希望日の1ヵ月半前に、それも朝一番に電話を入れて希望の時間帯が取れるかどうかを確認します。

一方で、私が人工呼吸器をつけていて、この当時は車椅子と人工呼吸器を運ぶワゴンをそれぞれ別の人が押すという態勢で移動をしていました。ゆえに家内1人では外出は不可能で、家族が別に1人つかねばなりませんでした。ですが、子供たちはそれぞれ会社勤務をしていますから、出来る限り短時間で用事を済ませたいと希望していました。

リフト付き搬送車

しかし、市の搬送車では希望の時間が１００パーセント予約できるわけではないこと、また診察が終わっても搬送車が迎えにくるまでは待たされることもあり、時間のロスが出ることが課題でありました。

そこで思い切って使用中の乗用車を売りに出して、中古の搬送車を購入することを決意しました。長男がインターネットで検索して、東名高速の横浜インター近くで障害者用の車を扱っている業者を見つけ、そこで家の駐車場に入る搬送車を探すことにしました。

２０００年2月11日、建国記念日の祝日に、朝から長男が業者のところに出かけ、夕方ようやくこちらの条件に合う車が見つかったという連絡が入りました。中古の日産バネット（１５００ccのワンボックスカー）です。自宅駐車場には普通乗用車を前提に屋根をつけたので、搬送車の屋根

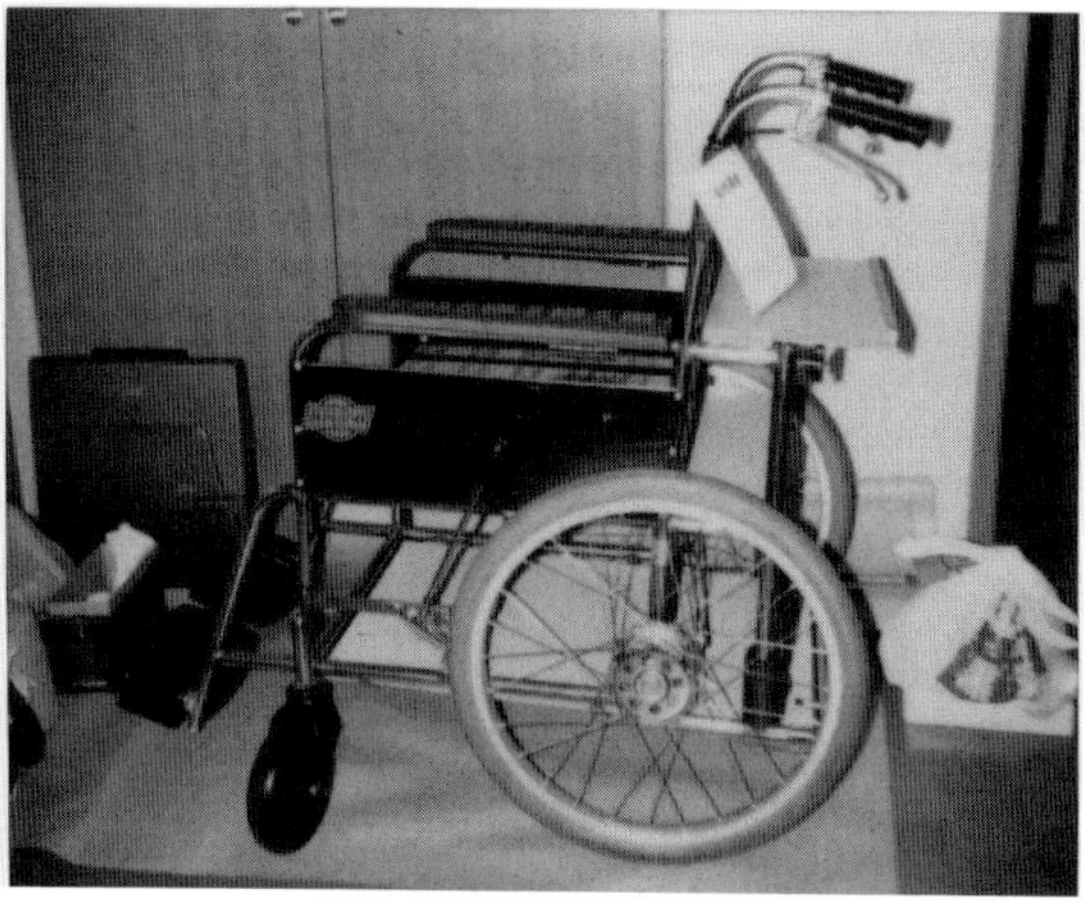

初代車椅子

がつかえるかもしれません。しかし、これは実際搬送車を入れてみないと判断できません。そこで夜間遅くに横浜から搬送車を運転してきて駐車場に入れてみることにしましたが、これも問題なくクリアし、この搬送車を購入することに決めました。

少し年式が古いのが気になりましたが、その時はそれほど長く使うことになるとは思いませんでした。こんなに長く使用するとなると、車検の年限なども考えて購入すべきだったと反省しています。数日後、名義変更した搬送車が納入され、これで通院は搬送車の手配をする心配がなくなりました。

続いて車椅子について。

２０００年3月のお彼岸過ぎ、長男がテレビを見ていたら「呼吸器を載せた車椅子が出ていた」ということでした。それまでは、車椅子とは別に人工呼吸器を載せたワゴンを並走させる必要がありましたから、もし車椅子自体に人工呼吸器を載せることができるのであれば、かなり動きやすくなります。そこで、外出に便利なように専用の車椅子を作ることにしました。

発注先は、すぐ近所にある車椅子メーカーにし、そのメーカーの方に来てもらい以下の希望条件を提示しました。
○人工呼吸器とバッテリーを座席の下に載せることができる。
○吸引器を背もたれの後ろに載せることができる。
○搬送車に乗った時に頭が天井につかないような座席の高さにする。

納期はゴールデンウィークを挟むので5月下旬になる、ということでした。こちらとしては、梅雨に入る前、夏の暑くなる前に散歩を楽しみたいので本当は5月の連休後すぐにでも欲しい気持ちでした。

何度かのやり取りをした後の連休明け、車体に車椅子がついた仕上げ前の段階で、一度メーカーが見せにきました。

そして7月になって、ようやく車椅子が納入され、長男と家内にお願いして夜中に車椅子の試乗ということで近所をぐるりと回ってみました。風は生暖かく今にも雨が降り出しそうな夜でしたが、とにかく外気に触れ、外の空気を吸うことがこんなに素晴らしいことなのかとつくづく思いました。

車椅子の乗り心地は、座席の下に収納スペースを作るため座席面を上げ、一方で搬送車の天井につかないという条件を満たすためにクッションを薄くしてあるので、しばらく座っているとお尻が痛くなるという欠点がありました。そこでクッションを使うことにしましたが、今度はひじ掛けが低くなり不安定であるということがわかりました。それ以外は軽量で扱いやすくまずまずでしたので、約2年半、この車椅子を利用して外出を楽しみました。

その後病状が進み、最初の車椅子で搬送車に乗って出かける時、車が停車したり発進すると頭がグラグラして不安定になり、さらにカーブで曲がると体が反対方向に飛び出して危険であるという状態になったので、背もたれがリクライニングする新しい車椅子を作ることにしました。

２台目ということで、事前に情報を集めリクライニングの車椅子を取り扱ったことのある業者を選定しました。それとリクライニングの車椅子を利用している患者さんの車椅子の写真を取り寄せ検討しました。

その結果、

○ベッドの横から玄関まで無事出られる大きさであること。

○呼吸器とバッテリーは前回と同じく座席の下に収納する。

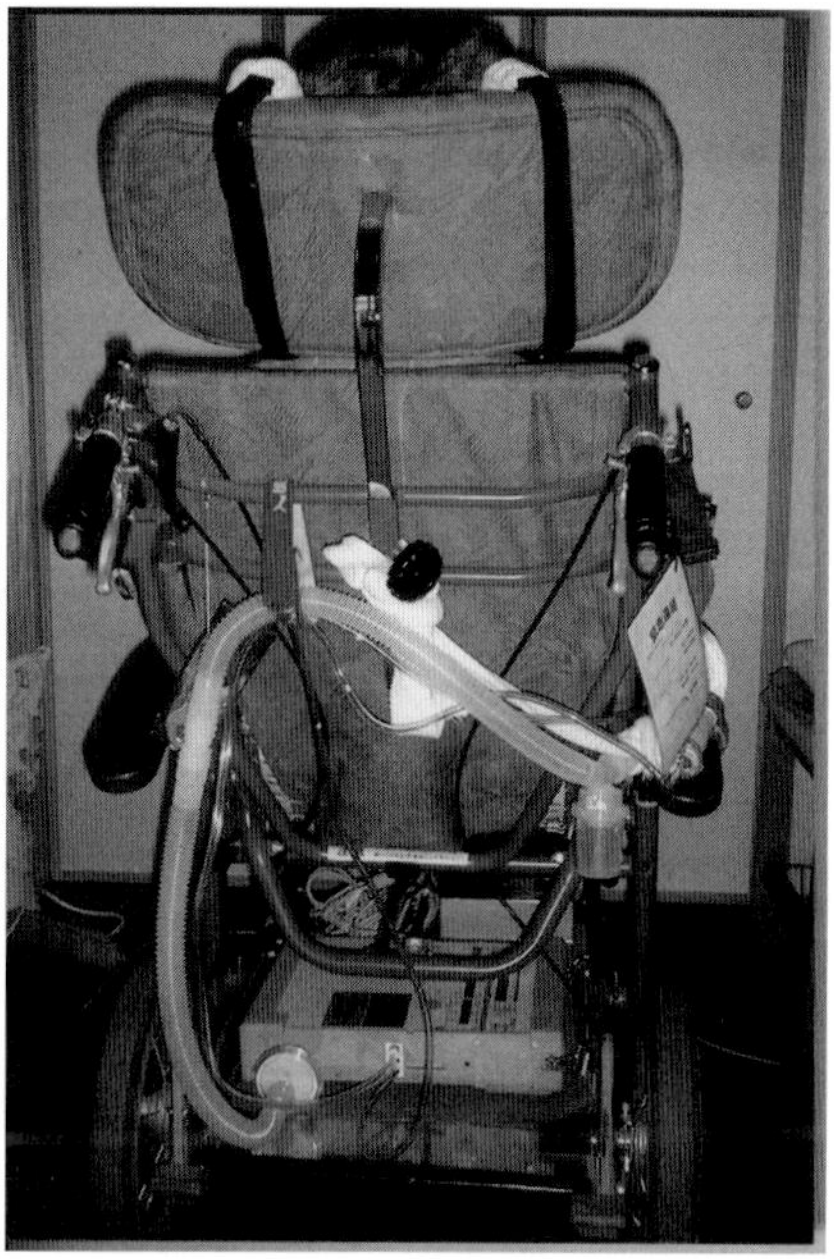

リクライニング式車椅子

○吸引器などは背もたれにフックを作りそれに掛ける。

○体が前のめりにならないように、腹部にベルトをつける。

この条件で車椅子業者と打ち合わせる一方、行政から総額24万円のうち17万円の補助金が出るということで多摩障害者センターの審査を受けて発注しました。

当初、特注の予定でしたが納期の関係から、既製品を改造することにしました。そして20

02年8月初め、車椅子が仮納品されましたのでいろいろ試しました。

2台目の車椅子の一番の問題点は、リクライニングの機能を付け加えた結果、人工呼吸器を置くスペースをどこにするかということでした。最初は、座席のひじ掛けにテーブルを設けその上に置くことにしましたが、テストしたところ、外出の際に小用を足さなければならなくなった時、その都度テーブルから呼吸器を取り外さなければならないのはおおごとであるということ。また、思ったより呼吸器の音が邪魔になるということもわかりました。

それでいろいろ検討の結果、従来どおり座席下に呼吸器を収納するスペースを確保し、そこに置くことにしました。

これで呼吸器、バッテリーは座席の下に収納し、吸引器は背もたれのフックに袋を引っかけその中に収納することで、介護者1人でも車椅子を動かすことが可能となりました。

余談として、搬送車に車椅子を載せる際のコツを。

搬送車の床には、車椅子が前後にずれないようにタイヤを固定する金具のストッパーがついています。この金具とタイヤの間にすき間ができて、車椅子がピタッと固定されないようでしたら、ホームセンターで売っているようなカーボン板をすき間に合わせて入れるのがいいかと思います。カーボン板は、軽いが堅固であり、しかも加工しやすいという特徴があります。私は車に乗る際にはこれを重ね合わせてサイズを合わせたものを、車椅子のタイヤと金具の間に挟んでいます。

車椅子のことでは大変苦労しましたが、反省すべき点としてア、使う患者や介護者が使いやすいことを一番に考える。
イ、既製品でなく、時間がかかっても特注品にする。
ウ、業者任せにしないで一緒に考える。
が挙げられるかと思います。

使い勝手が悪い車椅子では、結局使われなくなって最終的に患者自身の活動を妨げることになってしまうからです。

はじめての散歩

車椅子のことについて、もう少し書いてみたい。

楽しみにしていた車椅子（1台目）の納車が、遅れに遅れ2000年7月1日にされました。そして納車後、心配していた梅雨に入ってしまい、なかなか試乗が出来ませんでした。

その初めての試乗となる8日の夜、長男がやってきてようやく近所に出かけてみることにしました。出かけるといっても、健常者の外出と違いいろいろと準備が必要です。

まず、出先での小用、吸引を出来る限り避けるために、車椅子に座る前にそれぞれ用を足しておくこと。

次に、私が出かけるまでの手順を記述しますと…
○車椅子の座席下にバッテリーを収納する。この時、バッテリーの充電状況を確認する。

○患者を車椅子に移す。

○人工呼吸器を座席下に収納し、バッテリーに接続。(現在使用中のLTV呼吸器はバッテリーが内蔵されているので、接続に時間がかかっても患者に負担はかからないが、バッテリーが内蔵されていない機種であれば、手早く接続するか、この間アンビューを使用する)

○呼吸器と患者の間の回路接続状況を確認し、歩行中にひっかからないようにマジックテープで固定する。加湿器は電源がないので使用しない。

また、介護者が持参するものとして、

○アンビュー

○吸引器(充電状況確認のため作動させて見る)

○吸引用カテーテル

○吸引時に使用する蒸留水と口腔用の水

○アルコール綿

○吸引用手袋

○チリ紙

○タオル

○使用済みのカテーテルなどを入れるビニール袋

これらの用品は外出時の必需品でありますから、常時まとめてセットにしておくと便利です。

車椅子の座席に座り、回路を接続したら、ゆっくりと廊下を進み玄関に出ます。道路に下りるには玄関から階段が3段ほどあるので取り外しのできる2メートルほどのスロープを設置し、ようやく道路に出ます。その夜は、暗い夜道を15分ほど歩いてみました。今にも雨が降り出しそうな天候で、生暖かい風が吹いていました。それでも久しぶりに外の空気に触れることが出来、満足しました。これで少し自信がついたので、次は近所の都立小金井公園に出かけてみようということにして、その夜は終わりました。

次の土曜日、お天気は梅雨の晴れ間で、少し暑かったのですが、午後に小金井公園に出かけることにしました。

我が家から小金井公園までは一番近い入り口まで車椅子で20分、公園の中心までは30分かかります。そこでこの日は車で行くことにしました。車椅子に乗り移って呼吸器とバッテリーを座席の下に収納して出発。公園の東口に到着して大きなヒマラヤ杉の下で一息入れて態勢を整えました。そこから公園の中央を見ると原っぱがうねり、その向こうに公園の森と小金井カントリーの森が一体となって見えました。10ヵ月ぶりに見るこの風景、再び見れる幸せに胸がいっぱいとなりました。

長男が車椅子を押して家内が吸引器のセットを持ち、公園の中央に向かってそろそろと歩きました。公園の草の上をわたってくる風は草の匂いをいっぱいに含んで独特の香りがします。原っぱでは親子がボール遊びをし、若いグループが輪になってゲームを楽しんでいました。去年の夏までは私もそうした楽しんでる人たちの側にいて家内と夕方の公園を散歩していたことが思い出されます。今日は病後初めての公園での散歩なので、公園の途中までコースを東側にとって野球場とテニスコートの横を通り、ゲームを楽しんでいる人たちを眺めながら駐車場に戻って来ました。これで散歩の具合がわかったので、帰宅することにしました。

ついでながら、公立公園の駐車料は身障者手帳を見せると無料になることがわかりました。外出の時は身障者手帳を持参するか、もしくはコピーをいつも持参するべきという教訓を得ました。

河口湖湖上祭

2000年も梅雨が明けて、本格的な夏がやって来ました。ベッドで暑い夏を過ごすのは初めて。看護師のNさんの話では、寒い冬より暑い夏の方がベッドで過ごすのは大変ということでした。しかし、今さらここから逃げ出すこともできないし、いろいろ工夫してこの夏を乗り切るしかないと覚悟しました。

そういえば昨年、河口湖で孫たちと花火を見たことを思い出し、家内と長男に今年も見れないかと相談を持ちかけました。カレンダーを見ると8月5日がちょうど土曜日で花火の日ということから、仕事の調整をして行けるということになりました。次男にも話したら、仕事の調整をして参加することになりました。さらに長女の家族も当日参加することになり、総勢8名の大旅行になりました。

初めての長時間の旅行となるのでいろいろと準備しなければならない。何が起きるかわからない。しかし、それを恐れていてはなにもできません。周到な準備をして、あとは出たとこ勝負という気持ちで出かける準備を始めました。

散歩の延長ということで、人工呼吸器の電源を確保するためバッテリーを2個用意しました。車で走行中はカーバッテリーを使うことにし、花火を見ている間の電源確保と万一バッテリーの片方が故障した時の予備のために2個持っていくことにしました。

次は吸引器ですが、車の中で吸引するためのポータブル吸引器と、宿で吸引するための力の強い普段枕もとで使っている吸引器を持っていくことにしました。（ポータブルについて。最初に河西医療電機製作所のものを購入しましたが、これは吸引力が弱いので、後日フジ・レスピロニクスのトートエルバックに買い替えました。エルバックは吸引力が強いので、これを購入後は大きい吸引器を持っていかなくても旅行ができるようになりました）

排泄の処理を考え、尿器とポータブルトイレを用意しました。その後の旅行では、ホテルを利用する時は事前に確認して身障者トイレのあるホテルを利用するようにして、ポータブルトイレの持参をやめています。

この時はまだエアマットを利用していませんでしたが、利用するようになってからは必ずエアマットを持参するようにしています。

他の細かい準備としては、加湿器を持参するので加湿器の蒸留水、バッテリーと吸引器の充電器、散歩の時の吸引セット、但しカテーテルとアルコール綿は散歩の時より多めに準備しました。

それから、事前に主治医に連絡し了解をもらい、人工呼吸器の管理会社に旅行の日程と目的地を連絡し、万が一の時のサポートをお願いしておきました。

土曜日、朝出かけると渋滞に巻き込まれるので夜中に出かけることにしました。次男が前日夜10時頃帰宅し荷物の積み込みをし、長男の来るのを待ち午前2時に出発しました。

自宅から国立府中ＩＣまで30分、中央高速に乗って八王子、大月を経由して河口湖インターに1時間半で到着しました。１５００ccのおんぼろリフトカーで初めて高速道路を走るわけですから、こんな夜中に故障でもしたら大変なので、時速80キロで慎重に走行するよう心掛けました。渋滞に巻き込まれていると、体の具合が悪くなった時どうすることもできないので、出かける時は必ず夜間に走行するよう心掛けています。宿には午前4時到着。あとはゆっくり休んで、その日夕方の花火を待つことにしました。

午後になって長女の家族もやってきて、皆顔が揃いました。去年は花火大会の会場の近くまで行って見物しましたが、花火大会終了後、車が大変混雑したことを思い、今年は少し離れた大石公園から見物することにしました。公園の駐車場がいっぱいになりそうだというので、午後3時頃から長女の家族に先に行ってもらい、車2台分の駐車場を確保してもらいました。夕方6時になって夕食を持参し湖畔の大石公園に出かけ、長女の家族と合流し、花火を見物しました。黄昏れていく富士を眺め、湖面を渡ってくる涼しい風を顔に受けながら家族とともに食事をすることができるなんて、倒れた時は予想もしなかったことです。あたりが暗くなって、いよいよ花火大会が始まり、次から次へと打ち上げられる花火が空に花咲き、湖面に映るそれを眺め生きている幸せを実感しました。

翌日、夕方に長男が仕事の予定があるので、午前の涼しいうちに帰ることにしました。午後になると渋滞しますが、午前中は道路が空いており、また全体に下り坂ということもあり時速１００キロくらいのスピードでおんぼろ車が壊れないかと心配しながら走っていました。

すると、小仏トンネル内でトラブルが発生。その入り口のところで轍にはまったのか車がガタンとバウンドしました。途端に、呼吸器のアラームがピーピー鳴りだし、空気が入ってこなくなりびっくり。とてもトンネルを抜けるまで我慢できそうにない。かといってすでにトンネルに入ってしまった。さあ、困った。しかし、長男が車1台停められる緊急用のスペースを見つけ、そこに緊急停車し、車の途切れるのを待って、車の後部に回って調べたところ、呼吸器の蛇管が本体から外れていたことがわかり、復旧して事なきを得ました。

もし駐車スペースがなかったらと考えるとゾッとします。あとは順調に走り、帰宅することができました。呼吸器の本体の故障はあまり考えられませんが、蛇管の接続部分が車の振動で外れることは度々あるので、事前によくチェックしておく必要があるという教訓をこの時に得ました。

兄弟姉妹の集い

河口湖から帰って来て、暑い夏との格闘が始まりました。看護師のNさんの言ったとおり、暑い夏をベッドの上で過ごすことは大変なことです。汗をかくので水分の補給を十分にしないと痰がかたくなり、出にくくなる。ですが、水分を摂ると汗が出てシャツがグショグショになるので、ひんぱんに着替えをしなければならない。毎日毎日その繰り返し。

8月中旬、人工呼吸器をLTVに交換するために9日間入院しました。近所でのつかの間の避暑、病院は冷房が効いていてしのぎやすい。できれば、ひと夏病院で暮らすことができればいいなと思いましたが、病院は呼吸器の交換が終わって、少し呼吸器に慣れたところで即退院となり、希望は叶えられませんでした。それでもなんとか残暑をしのいで秋を迎えました。

10月になると、倒れてからちょうど1年になるということで、静岡の故郷から姉、弟、妹がお見舞いに来てくれるという話が持ち上がりました。そこで、先日の河口湖の旅行で出かけることに自信がついたので、静岡と東京の中間地、河口湖で会うことを提案し、10月7日土曜日実現しました。

8月の旅行の経験をいかして準備は順調に進み、さらに人手は少なくてもよいだろうと長男の運転、家内の介助ということで私を含め3人で出かけることにしました。

例によって夜中に出かけ、午前2時半に自宅を出発。国立府中ICを経由して河口湖に2時間で無事到着。長男も運転に慣れたのか、急発進、急停車が多くなり、その都度少しずつ車椅子に座った私の体が前にずれ、姿勢を保つのが大変。途中で停車して姿勢を直してもらいました。

この頃使用していた初代の車椅子は、座席面が地面と水平で、急ブレーキをかけた時にお尻が前にずれてしまうのです。そのため、2台目の車椅子を作る時には、座席面をやや後ろ下がりにするよう作りました。

午前11時、静岡から弟たちが到着しました。弟は私がマグロの刺し身が好きなのを知っており、いつも来る直前に焼津の市場でわざわざ手に入れて、持って来てくれます。みんな揃ったので、今日もマグロの刺し身を囲んで食事を始め、よもやま話に花を咲かせました。1年前の10月8日の夜、主治医から「今晩

短歌も趣味

が山、家族親戚一同を集めるように」と言われ、皆が馳せ参じたことがまるで嘘のようだと今日の再会を喜び合いました。それから、幼い頃の話や、亡くなった父母、兄たちの思い出話などをして午後4時頃散会。弟たちは静岡へ向けて帰って行きました。私たちは、せっかく来たので、もう一晩泊まって明日の朝帰ることにしました。いつも思うのですが、宿に泊まった時、気楽にお風呂が利用できるといいなと考えます。そしたらもっとゆったりした気分になれる。叶わぬ夢ですが首まで温泉につかりたい。首までつかることができたら、どんなにいい気分だろうと思っています。

翌朝、車が混まないうちに河口湖を出発。なんのトラブルもなく、2時間ほどで自宅に戻りました。これでますます車で出かけることに自信がつき、次は機会をみて故郷静岡まで行ってみようと考えた次第でした。

発病後の1年を振り返ってみると神様が放った黒い羽の矢が、なんの因果かわからないけれど私に当たって、突然真っ暗闇のトンネルに放り込まれてしまった感じです。このトンネルは後戻りできない。かといって先に明かりも見えない。今のところは何年先に行っても明かりが見えるかどうかわからない。

ですが、真っ暗闇とはいえ、目をこらして見れば何かが見えて来るだろうし、手で触って感じたり、冷たい風や暖かい風を肌で感じたり耳で物音を聞いたりしながら残された能力を使って、焦らず着実に一歩一歩前進することはできる。そして、そうするしかないと自分自身に言い聞かせています。

何をするにも他人の力を借りなければできないので、他人様には感謝はするけど、卑屈になって自分自身を閉じ込めるようなことはしない。力を貸してくれる人と共に喜び合っていこうと決心しました。

病気のこと

ここでALSという病気について考えてみます。

私のかかった病名は筋萎縮性側索硬化症（ALS）です。厳しく長ったらしい名前です。告知されるまでは、見たことも聞いたこともありませんでした。

運動神経だけが冒される病気で、手足が動かなくなったり、呼吸筋が冒されて呼吸ができなくなったり、嚥下障害が起きて食べ物が飲み込めなくなったりします。痛いとか痒いとかという知覚神経は正常で、頭は呆けたりすることはなく正常に働きます。これは宇宙物理学者ホーキング博士や作曲家ショスタコービッチの例からも証明されています。

この病気の歴史は古く、130年ほど前にはすでに病名がついています。しかしながらまだ病気の原因は解らず、治療法も確立していません。それだけ難しい病気だという事もありますが、私の考えでは患者の数が少ないことが、この病気の解明が進まないことの理由のひとつだと思います。

この病気の発症率は10万人に１人ないし２人といわれています。宝くじは30万本に１本、前後賞を考えれば10万本に１本ですから、まさに宝くじ並の確率です。宝くじは何回買っても当たりませんでしたが、どうしたわけかこのＡＬＳには当たってしまいました。良いことなら白羽の矢が当たったといって喜びますが、病気では黒羽の矢が当たったとしか言いようがありませんし、喜ぶわけにもいきません。

現在、日本全国ではおよそ六千人のＡＬＳ患者がいるといわれています。この割合で推計すると世界では30万人ということになります。同じ難病でも癌患者は全国で60万人と言われていますから、いかにＡＬＳ患者は少ないかがわかります。医療はより多くの人命を救うという使命がありますから、患者の多い病気ほど原因解明や治療法の開発に人材や資本が投入される傾向があります。また、薬などは患者が多いほどマーケットが大きくなるため、製薬会社はこぞって開発に努めます。しかしながらＡＬＳのように患者の少ない病気は後回しになってしまう。これが１３０年経っても原因の解明が進まない要因のひとつだと思います。

最近になってようやく新聞やテレビでＡＬＳが取り扱われることも増え、大学病院や研究所でも病気の原因解明が進みつつあります。私も血液提供の協力をしましたヒトゲノム解析の対象にもなって、２年か３年のうちには病気の原因が解明できるといわれています。ようやくＡＬＳにも原因解明、治療法の開発が見えてきそうな明るい兆しが出てきました。

ＡＬＳとは

人間の手や足、顔など、自分の思いどおりに体を動かす時に必要な筋肉を随意筋といい、随意筋を支配する神経を運動ニューロンといいます。「ニューロン」というのは「神経細胞」のことです。運動ニューロンは、歩いたり、物を持ち上げたり、飲み込んだりするなど、いろいろな動作をする時に脳の命令を筋肉に伝える役目をしています。

この運動ニューロンが冒されると筋肉を動かそうとする信号が伝わらなくなり、筋肉を動かしにくくなったり、筋肉がやせ細ってきます。ＡＬＳはこの運動ニューロンが冒される病気です。

感覚や自律神経はどうなるのか

ＡＬＳでは運動ニューロンは冒されますが、知覚神経や自律神経は冒されないので、五感（視覚、聴覚、嗅覚、味覚、触覚）、記憶、知性を司る神経には原則として障害はみられません。たとえば誰かに皮膚をつねられた時、痛いと感じ、つねられた手をひっこめます。痛いと感じるのは「知覚神経」、手をひっこめるのは「運動ニューロン」の働きです。ＡＬＳになると痛いという感覚はありますが、手をひっこめることができなくなります。

ＡＬＳで冒されるのは、随意運動を行う筋肉（随意筋）を支配する運動ニューロンです。随意運動とは、手を上げるなど自分の思いどおりに体を動かす働きのことです。心臓や消化器も筋肉でできていますが、これは随意筋ではありません。心臓が動き、胃や腸で食べ物が消化されるのは筋肉が無意識に自動的に働いている結果で、これを支配しているのは「自律神経」です。ＡＬＳでは自律神経は冒されないので、心臓や消化器の働きには影響がありません。

しかし、呼吸は自律神経と随意筋である呼吸筋の両方が関係するので、ＡＬＳで運動ニューロンが冒されると、呼吸筋が次第に弱くなって呼吸が困難になります。

ＡＬＳになると最初にどんな症状が現れるか

運動ニューロンは脊髄にあって、手、足、舌、のど、呼吸を司る全身の随意筋を支配しています。どの運動ニューロンが冒され、どの筋肉が弱くなるかによって、最初に現われる症状は大きく2つのタイプに分かれます。

○手の指、足の筋力が弱くなりやせ細る。手足の麻痺による運動障害

ＡＬＳの患者さんのうち、約4分の3の人が、手足の動きに異常を感じて病院を訪れます。最初は箸が持ちにくい、重い物を持てない、手や足が上がらない、走りにくい、疲れやすい、手足の腫れ、筋肉のピクツキ、筋肉のつっぱりや痛みなどの自覚症状を感じます。これはＡＬＳに特徴的な症状で、手足の麻痺による運動障害の初期の症状です。このような症状がみられるとともに、手や足の筋肉がやせ細ってきます。

○話にくくなったり食べ物を飲み込みにくくなる（球麻痺）

舌、のどの筋肉の力が弱まることを球麻痺といいます。ＡＬＳの患者さんのうち4人に1人が、最初に

この症状が現われて来院します。球麻痺によって次のような症状が現われます。

・コミュニケーション障害

舌の動きが思いどおりにならず、言葉が不明瞭になり、特にラリルレロ、パピプペポの発音がしにくくなります。

・嚥下障害

舌やのどの筋力が弱くなるために、食べ物や唾液（つば）を飲み込みにくくなり、むせることが多くなる。

人工呼吸器

ＡＬＳ患者にとって最大の難関は人工呼吸器をつけた生活をするか、もしくはつけないまま亡くなるかという選択を迫られるということです。

私の場合は前述のように体調不良の原因を検査している途中で突然呼吸停止になってしまったので、選択の余地なく呼吸器をつけました。私自身の意識としては、病名もわからない段階でのことで緊急避難的に呼吸器をつけたわけでしたが、いずれ病気が回復すれば呼吸器は必要なくなるというものでした。

他の患者（女性）の場合の話なのですが、ご主人やご家族に迷惑をかけるので、病気の告知をされた時から呼吸器をつけないと宣言していたそうです。そして呼吸が困難になって、いよいよ呼吸器をつけるかどうかという状況になって、緩和ケアでモルヒネを使用し意識が朦朧とする日が続きました。

そうした中で主治医が呼吸器をつけるかどうかをこの患者さんに確認したところ、呼吸器をつけてください、とはっきり言ったそうです。そこで主治医は手術をして呼吸器をつけました。

その後、意識が回復した患者さんは呼吸器がついているのに気がついてびっくりして、私にどうして呼吸器をつけたのかと主治医や家族に迫ったそうです。病気が落ち着いてご主人が奥さんの介護をしていく中で介護サービスをする会社を起こし、奥さんは介護支援を受けながらベッドでパソコンを操作してご主人の事業を応援しているそうです。

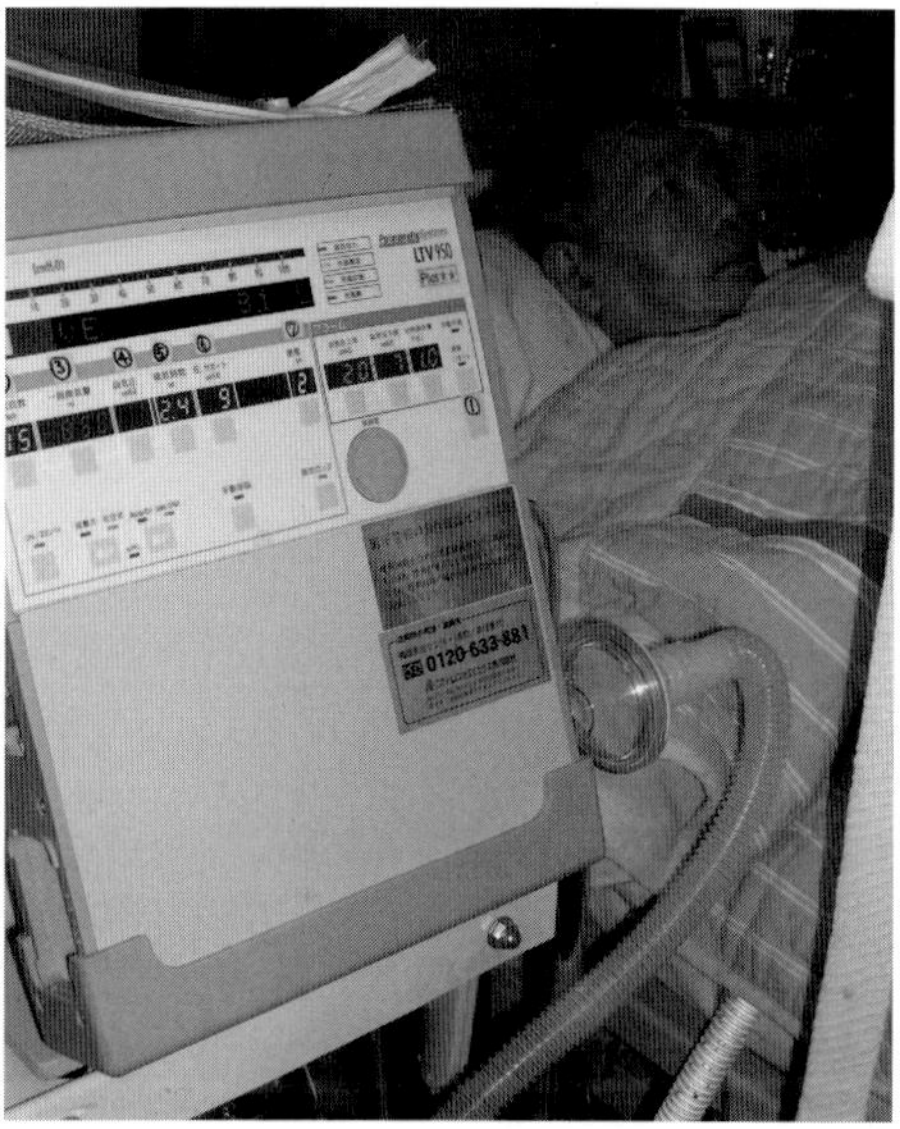

人工呼吸器（LTV950）

人は本能的に命の続く限り、生きたいと願うものです。ＡＬＳ患者が人工呼吸器をつけるべきかどうか悩むのは、呼吸器をつけた生活は24時間介護が必要となり、家族に経済的負担、精神的負担、さらには肉体的負担をかけるからです。

これらの負担を地域社会が代わって負担し、家族の負担が軽減されなければ安心して人工呼吸器をつけるという決断ができません。医療の現場では命を救うことが優先されて、とにかく人工呼吸器をつけることを勧め、手術が済めば退院して在宅療養に切り替えてしまいます。その後の介護は家族任せとなり、家族が地獄の苦しみを味わうことになります。

医療の現場で患者に呼吸器をつけるかどうか、そしてつけた後の生活はどうなるかを十分説明をして、患者本人に納得して決めさせる。そしてこの結果を行政は責任を持ってフォローする、ということを私は希望します。行政は財政が苦しいからといって、介護などの受け入れを拒むことがないように願います。

もちろん、患者全員が呼吸器をつけなければならないということではありません。憲法に保障されている生存権が尊重され、そういう状況の中で患者が自由に選択できるのが真の福祉国家といえると思います。

呼吸器に係わるトラブル

私は呼吸器をつけて6年経ちます。今はLTV950という呼吸器を使っておりますが、呼吸器本体のトラブルはいまだに発生したことがありません。

トラブルの主なものは、呼吸器から空気を送るための蛇管が外れてしまうことです。蛇管が外れると、途端に空気が来なくなり、患者は苦しむことになります。蛇管が外れると、異常を知らせるアラームが鳴りますので、介護者は落ち着いて蛇管の外れた箇所を見つけ、復旧しなければなりません。外れやすいのは、機械に直接ついているフィルター部分や、加湿器に接続している部分やY字の部分、そしてカニューレとの接続部分です。

蛇管は衛生上、2週間に1回交換します。現在は、その都度使い捨てにし、廃棄していますが、以前は消毒をし、再利用しておりました。その時こんなトラブルがありました。蛇管の交換の日、訪問看護師さんが蛇管を交換し、空気が正常に送られているか検査し異常がないかしばらく様子を見て、安心して帰りました。それからしばらくすると空気が送られてくる量が少なくなり、アラームが鳴りだしました。家内が飛んで来て蛇管をチェックしましたが、どこも外れていない。しかし、呼吸は苦しく、アラームは鳴りっぱなし、家内は完全にパニック状態。

こういう時は、まず落ち着くことが一番。そこでまず、アンビューに切り替え呼吸を整えました。しかし、アンビューを押しているだけでは事態は改善しません。誰か助けを求めなければなりません。アンビューを押していると手が塞がって、電話をすることもできませんから。私は呼吸を整えれば30秒から1分くらいは我慢できるので、家内に合図して、家内が縁側に出て大声で「Kさん！Kさん！」と隣の人に助けを求めました。

しかし、隣の家からは何の返事もないので、一度戻ってアンビューを押して呼吸を整え、今度は隣の家の玄関先に回って再び大声で助けを求めました。

この時は幸いご主人が在宅しておられ、すぐ飛んで来てくれました。その間、アラームはピーピーピーピー鳴りっぱなし。ご主人にアンビューを押してもらい、その間家内が関係者に電話連絡して対応方法を教えてもらいました。そして、呼吸器の管理会社に電話してすぐに来てもらうことになりました。その間アラームを止めるため、管理会社から電話で指示してもらい、ようやくアラームを止めました。結果的には、違ったコネクターが紛れ込んでいたため、空気漏れが起きてトラブルとなっていたことがわかりました。

この体験からアンビューを押すと介護者はそこから離れられないので、家の2階においてあった電話の子機を枕元に持ってきていつでも電話できるようにしました。そして、緊急の連絡先の一覧表を作成して常に枕元に置くようになりました。

もうひとつの発生しやすいトラブル

LTV950の人工呼吸器は、機械をコントロールするセンサーの細いチューブが3本ついています。この細いチューブの中に蛇管の中の水滴が入ってしまうと機械をコントロールすることができなくなり、急に吸気圧が高くなったりします。

細いチューブに水滴が入らないようにするためには、センサーの細いチューブがついている蛇管の吸気管と排気管が分かれているY字型の部分を必ず上にしておくことが大切です。この部分が下に向いていると、蛇管の水滴が入り込んでトラブルになります。

いったん水滴が入ってしまうと、細いセンサーのチューブを機械から外して強く振って水滴を出すしかありません。たいへん手間がかかるので、水滴が入らないように蛇管の位置を絶えず確認してください。

吸引器と吸引

吸引器

気管切開をして人工呼吸器を使用することになると、吸引が問題になります。ここでは、それについて触れます。

現在、自宅での吸引器は河西電機製作所のタイプ73を使用しております。機能的にも性能的にもこの機器で満足しております。６ヵ月毎にメンテナンスされており、故障もありません。

外出時に使用するポータブル吸引器は、当初河西電機製作所の小型の吸引器を使用していましたが、希望する吸引力がないためトートエルバッグに替えました。吸引力が弱いと長時間にわたり何回も吸引することになり、結果的にはバッテリーの消耗が進みます。ポータブル吸引器は外出時の使用だけでなく落雷などの停電の時も使用しますので、能力的に余裕があった方が安心できます。バッテリーの充電には十分に気をつけて、使用後は必ず充電する習慣をつける必要があります。また、外出時には一度作動させ確認する習慣をつけることも必要です。

吸　引

痰が詰まるとどのような状態になるかといいますと、たとえばマスクをかけてマラソンしているようなものといったらよいでしょうか。

呼吸が苦しい時、よく酸素濃度を測って96～97%あるからといって安心しますが、この時患者は全身を使って酸素濃度の維持に懸命に努力しているのです。従って、脈拍は90とか１００になってしまい体温も高くなりますから、その辺の状況をみて吸引が必要かどうか見てほしい。

私の場合1日25回から30回吸引してもらっています。平均しますと1時間弱に1回となりますが、これは定期的に吸引の必要が発生するわけではありません。家内は時々「さっき吸引したばっかりじゃないの、また吸引?」と言いますが、吸引して5分も経たないうちに吸引してほしい時もあれば、2時間吸引しなくてもよい時もあります。これは1回の吸引で肺の中の痰が全部取れるわけではなく、出やすいところから徐々に出てくるためです。

こんなことがありました。病状が安定して吸引回数も1日20回くらいの時でした。近所でお店が新しくオープンするということで、家内がそのお店のオープンの時に出かけたいという話になりました。そこで、入念に吸引して回路もチェックして、20分から30分くらいで帰ってくるからといって出かけて行きました。しかし、思ったよりお客が集まっており、お店の方でも集まったお客を少しでも滞留させようと手を替え品を替え説明し、また景品を無料で最後にお渡ししますといい、なかなか景品を出しません。この結果、予定の時間はあっという間に過ぎてしまいました。

不思議と、こういう時に限って入念に吸引したはずが家内が出かけると間もなく喉がいがいがして痰が出てきました。初めは水分の多い痰で、呼吸の都度カニューレの中を行ったりきたりしていました。これならば何とか呼吸できるので安心していました。しばらくすると、今度は奥の方から痰の塊ができてきて気道を塞いでしまい、息が苦しくなりました。痰を取り除こうと排気の時に力を入れて取り除こうとしましたが、逆にますます気道が詰まって苦しくなってしまう始末。今度は逆に息を吸う時に思いっきり強く吸うことにし、そうすると塊が動いて少し隙間ができました。こうなったら、この隙間を利用してそっと息を吸い、そっと吐くしかないと決めて、少しずつスーッと吸って、少しずつスーッと吐くことを続けました。この状態では十分な吸排気が確保できず、少しずつ意識が薄れていく感じがし、「これで長谷川進も終わりか、残念だなあ」と思いました。時間にすれば10分か20分くらいのことと思いますが、こんなに長く感じたことは今までありません。

その時、家内が

「遅くなってすいませーん」

といって戻ってきました。その声を聞いて助かったと安堵しました。このように吸引はいつどうなるか決まってないので、介護者は絶えず患者の合図が届き、すぐに対応できる所にいなければならないということです。

吸引方法

吸引については、家内をはじめ、ヘルパーさん、訪問看護師さん、ショートステイの看護師さんなど数多くの方々にお願いしてきました。皆さんマニュアルに従って吸引しているでしょうが、それぞれに個性があって同じ人はいません。要は患者の負担が少なく、短い時間で効率よく痰を吸い出すようにお願いしております。患者によってどんな吸引方法が適切かどうかは違うと思いますが、患者の１人として希望を述べるならば、

○呼吸器を外すタイミングは吸気した直後にお願いします

皆さん水に潜る前、大きく息を吸ってから潜ると思います。それと同じで吸気した直後であれば、ある

程度は息ができないことに耐えられます。それと、肺の中に空気があれば、空気と一緒に痰が出やすくなります。逆に排気直後に呼吸器を外すと肺はしぼんでいる上に、更に空気を引き出しますから、患者は苦しく、痰は出にくくなります。呼吸器の音や患者の胸の動きを見て、吸気を確かめた直後に呼吸器を外して下さい。

○素早くカテーテルを挿入し、ゆっくり吸引して下さい

カテーテルの挿入は5秒から8秒くらいで行い、吸引は10秒から15秒くらいで実施して下さい。カテーテルを挿入してじゅっと音がして痰がある場所に届いたら、重点的にそこに止まって吸い出して下さい。急いでカテーテルを入れて機械的に持ち上げるだけでは、吸引できません。

○カテーテルを挿入する長さは20センチくらいを目安にして下さい

あまり浅いと、入り口の痰だけしか吸うことができません。逆に深く入れ過ぎると気管を傷つけることになります。カテーテルを入れて突き当たったところで20センチくらいあれば、そこが最深部です。10センチくらいで突き当たったら、まだ奥に入ります。カテーテルの挿入角度を変えて、奥に入れてみて下さい。

胃ろう造設と低圧持続吸引

発病して4年半過ぎた頃、主治医の訪問診察を受け、その時、誤嚥による肺炎が起きやすい状態になっ

ているということで、胃ろうの造設を勧められました。

ここで、発病後の食事歴について触れておきます。

●1年目↓おかゆ、汁物、やわらかい副食ならなんでも可。

●2年目↓マグロの刺身を好み、お寿司も食べる。ぱさついた鶏肉や魚は食べられない。

●3年目↓うどんが多くなる。それと、サトイモ、大根、にんじんの煮つけなど。

●4年目↓胃ろうの造設を勧められるが、とりあえず保留。そうめんが多くなる。とろろ、生卵なども。

●5年目↓引き続き、胃ろうの造設を勧められる。そうめんや、とろろ、生卵など。5年目の中頃に胃ろう造設。その後は経管栄養。

このように、自覚症状としては、徐々に固い食べ物は飲み込むことが難しくなってきていました。ですが、とろみを使うとか、柔らかい食べ物を選ぶなど工夫すれば、まだ現状のままやれると手術を先延ばししていました。

この頃、一番食べたのはうどんで、うどんの太さが気になりだしてからそうめんにし、とろみの代わりに山芋や生卵をよく使いました。

しかし、その後ショートステイ先で肺炎を起こしましたので、２００4年の3月、ついに手術を決意し、胃ろう造設をしました。

胃ろうというのは、腹部から胃に穴を開けそこに細い管を通し、その管から栄養剤を胃に注入するものです。胃ろう造設の手術自体は比較的簡単な部類に入ると思います。大体30分程度で終わります。麻酔は

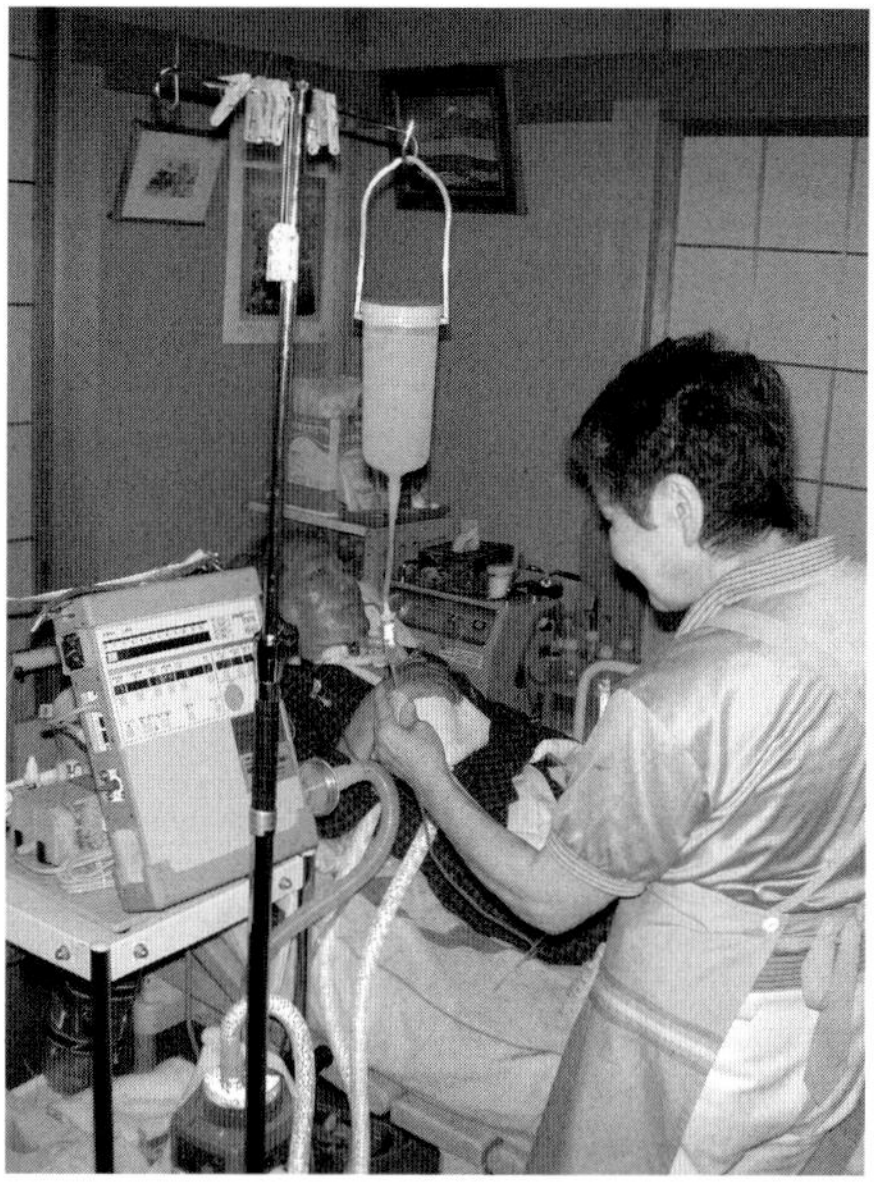

経管栄養

胃カメラを飲み込むための局部麻酔と、胃に穴を開ける時の痛みを抑えるための局部麻酔のみです。

手術後の体調の変化は、便秘がいっそうひどくなったこと、唾の飲み込みもほとんどできなくなり、吸引回数が1日40回を超え、夜間だけでも10回となり睡眠が十分取れなくなったことが挙げられます。

そこで対策として、下剤薬を従来の二酸化マグネシウムからラキソベロンに変えました。この下剤は使用量の調整が難しく、最初5滴から始めなかなか効かなかったので15滴使用したところひどい下痢となり、もう排便が終わったと思ってズボンを履くと途端に便意を催し、ズボンを脱ぐ間もなく便が出てしまうこともありました。

いろいろな試行錯誤の結果、現在ラキソベロン8滴とアローゼン1グラムを就寝前に経管にて注入しています。それでも便秘するときは、グリセリン浣腸60 ccを使用しています。排便の方は、このような方法で1日1回、朝ということで落ち着いてきました。

唾の飲み込みについては、訪問看護師さんに相談し持続吸引器を使用してみることにしました。最初は他の患者さんが使用しているものを紹介されたのですが、これは１台十数万円もするもので、これは高価すぎるので別のものを探してもらいました。

それがシースターコーポレーション（東京都世田谷区）が販売している設置型唾液専用吸引器で、１週間のお試しもでき、しかも値段は付属品込みで１万円以内と格安でしたので、早速お試しの申し込みをして取り寄せました。

これを１週間テストした結果、十分利用できることがわかったので、正式に注文し買い取りました。ただし、口の中に入れるチューブについては、就寝中でも抜けない工夫が必要で、今はチューブの中に太い針金を入れ先端部分が常時口の端に引っ掛かるよう曲げて使用しています。

これ用のチューブは、吸引用カテーテルを代用しています。最初は12フレンチのカテーテルを使用してみましたが、これに針金を通して唾を流すとなかなかうまく流れないので、もうひとまわり太い14フレンチのカテーテルに針金を通して使っています。これですと唾もスムーズに流れ、口の中での吸引の音も低く睡眠の妨げになりません。持続吸引器の利用により、吸引回数は25～30回に減りました。胃ろう造設後の排便と唾の問題は一応小康状態を保っており、まずまずの生活をしております。

現在、食事はエレンタール（栄養剤）とお茶と野菜ジュースです。

ですが、これで口から食べ物を食べることはできなくなったのも事実です。こうなって改めてテレビを見ると、グルメ番組の多いことに気づき、食品のコマーシャルも多いことに気づきます。

出演者がおいしそうに食べるのを見るたび、せめてラーメンのどんぶりに口を当ててお汁を心ゆくまで飲んでみたいという衝動に駆られます。

第2部 嵐のような毎日

在宅介護

介護について大きく分けると、施設介護と在宅介護に分けられます。

今までは施設介護が主流で、いわゆる特別養護老人ホームなどがどんどん建てられてきました。高齢化が進んで入居の順番待ちがたくさん出ている状況です。ですが、施設介護になりますと、どうしても施設と管理者の都合が全面に出て、法律が優先され、利用者の意見は取り上げられにくくなる傾向があります。最近は小回りのきくグループホームなどがあちこちに建設される傾向にあります。グループホームですと利用者の希望が受け入れられやすく、個々人の自立も促進されます。なんといっても大型施設より温かみのある手作りの介護ができます。

ですが、それにも増して障害者の自立を促しながら地域社会の中で生活できるのが在宅介護です。一見すると在宅介護は効率が悪くコストがかかるように考えられますが、利用者の希望に柔軟に対応できるという点ではこれに勝るものはなく、結果的には一番優れていると思います。また、これから団塊の世代が高齢化するのに合わせて施設を作っていくと、20～30年後には逆に利用者が少なくなって無駄な施設が残ることになります。そういうことから考えても、在宅介護を広めることは良いことと思います。

私を取り巻く在宅介護の環境

私は自らの手足を使って何かをしようとしても何ひとつできません。食事をするのも排泄するのも右を向くのも、すべて他人の力を借りないとできません。一番身近な協力者である家内の力で、ここまで生きてきました。そして、その他病院の先生方、多くの看護スタッフの方々、市役所の方々、保健所の方々、更に日々の生活を支えてくれるヘルパーの方々、数え切れないほどの多くの方々に支えられて生活しております。その概要について、改めて整理してみます。

医療関係

かかりつけの病院は公立昭和病院で、主治医は神経内科の内潟先生にお願いしております。日常は4週間に1回診察を受けていますが、実際には私自身が出かけることが負担なので家内が代理受診しておりま す。家内が私の身体状況を話して必要な薬を処方してもらっています。また、急な病変があった場合は、昭和病院の救急外来に連絡して駆け込めば、対応してくれるという手筈になっております。

昭和病院では訪問看護室のお世話にもなっております。毎週1回訪問してもらって病状を確認し、こちらからも主治医の先生に報告が上がっています。訪問看護室では呼吸器のチェック、2週に1回の回路交換、加湿器の蒸留水、衛生材料の支給をお願いしております。前述のように胃ろうの手術をしましたので、胃ろうの水の交換もお願いしています。

医療関係ではこの他に地域の医師会の先生に往診してもらい2週間に1回カニューレの交換、4週間に1回胃ろうの交換をお願いしています。

訪問看護は佐々訪問看護ステーションにお願いしています。週4回の訪問で身体リハ、呼吸リハを受けております。身体リハは手足の関節硬縮防止のために関節の屈伸、マッサージを、また呼吸リハは側臥位で胸郭を広げる動きをしてもらっています。発病後早くからリハビリを始めたので体の硬縮の進み具合は少なく健常者より柔らかい、と皆さん驚いています。

訪問看護は、病状が進行したため、２００5年12月現在、2ヵ所より週5回利用しています。

行政機関

市役所の障害者の窓口は障害福祉課です。

支援費の支給量の決定、支援費に関する窓口として関わりがあります。1年に1回、支給量を見直すため審査があります。病気の進行に合わせて支給量の変更をお願いしています。

毎年財政が厳しくなっているということで、支給量を増やしてもらう交渉が難航します。支給する側と受け取る側の見解の相違が大きく、病気の進行によって介護が難しくなっていることを理解してもらうのにエネルギーを相当費やしてきました。時間をかけて何回も何回もお願いするしかありませんが、担当の方も日常、障害者の家庭を回って介護の実状をご理解していただくとありがたいと思います。

この他「伝の心」、ネブライザーといった日常生活用具の給付・貸与や車椅子・バランサーなどの厚生医療給付、補助具に関する窓口も障害福祉課です。

多摩小平保健所の窓口は保健対策課です。吸引器の貸与をお願いしております。それと看護師を週1回2時間派遣してもらい、吸引器の管理と保健に関する指導をお願いしています。その他に、後述のショートステイを利用する際に窓口となってショートステイ先の病院を探してもらっています。

ケアマネージャー

私の場合は訪問看護ステーションの看護師にケアマネージャーをお願いしています。ケアマネージャーには訪問看護ステーションの看護師がなる場合、ヘルパーを派遣する事業者がなる場合、独立したケアマネージャーがなる場合などがあります。

それぞれ強みと弱みがありますが、訪問看護ステーションの場合は病気や看護に詳しいのでその面からのアドバイスが受けられ介護プランに生かせられるのが特徴です。

ケアマネージャーは利用者に対して様々な守秘義務があるかと思いますが、いろいろな介護プランを知っていると思いますので、そのなかから良いプランを教えていただきたいと思います。さらに、多忙な行政の担当者に情報提供をして介護の実態をよく理解してもらうようご配慮をお願いしたいと思います。

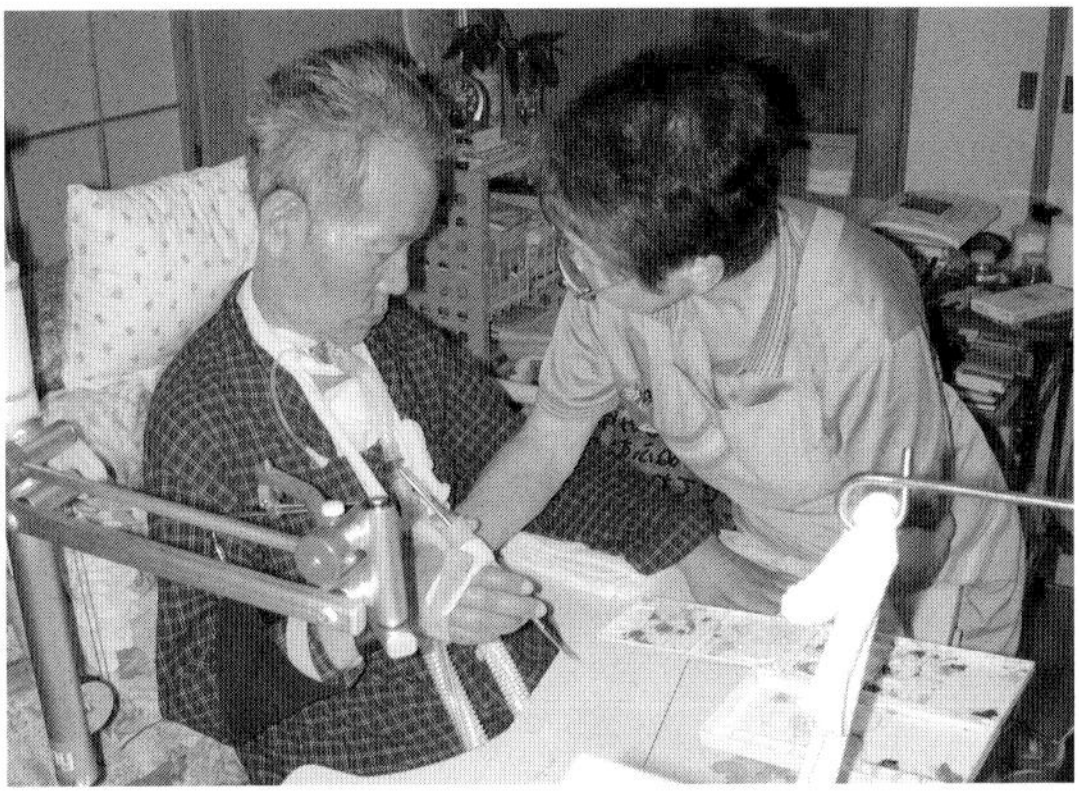

絵の具の色もまばたき
でよむヘルパーさん

ヘルパー派遣事業者

ヘルパー派遣事業者には、介護保険対応の事業者と支援費まで対応する事業者とがあります。

介護保険対応のヘルパーさんには、短時間の支援をお願いしています。朝の洗面、髭剃り、歯磨き、トイレ介助、夕方の清拭などです。西東京市では夜間巡回で体位交換などを行う事業所があって、私の場合は泊まりのヘルパーさんがいない夜、週2回22時に就寝前介助をお願いしていました。深夜は吸引があるので巡回は利用できません。

その後、病気の進行と家内の負担軽減のためこのサービスは断り、現在は夜間8時間滞在サービスを利用しています。

介護保険対応事業者のサービスとして、訪問入浴があります。現在、週2回利用しています。

支援費まで対応する事業者には、滞在型の支援をお願いしています。新聞や読書の介助、ワープロ、パソコンの介助、散歩、絵画制作の介助、マッサージなどです。

事業者によっては欠員が出た時に対応ができないといって仕事を受

けない所もあれば、何でも受けて欠員が出た時は他の事業者に押しつける所もあります。そういった事業者とは長くお付き合いできないので徐々に整理して、今では信頼できる事業者ばかりです。

メンテナンス事業者

呼吸器のメンテナンスはフジ・レスピロニクスが3ヵ月に1回実施しており、その他緊急時24時間対応をお願いしております。夜間2時に外出しようとしてトラブルがあって緊急対応をお願いした時に、すぐに対応していただき無事出発したこともあります。また、元旦に呼吸器の調子が悪くなった時にすぐに対応していただいたこともあります。サービスが充実しているので安心できます。

吸引器のメンテナンスはフランスベッド・メディカルサービスが6ヵ月に1回実施しており、今までトラブルはありません。

レンタル用品

ベッドとエアマットと机をレンタルしております。不具合があった時は、それぞれの業者に対応してもらっています。

その他

私費負担の衛生材料として脱脂綿、消毒薬、手袋などをまとめ買いしております。

また、これらの在宅介護をする上で実際にどれだけの経費がかかっているかを述べておきたい。

ALSは国の指定難病のため、医療費の自己負担はありません。ですので、私の場合の実質月々の負担は、介護保険の自己負担、衛生材料、福祉器具購入の自己負担、その他を含めて約10万円ほどです。（これに健康保険、介護保険料が、約1万8000円加わります）

ですが、今年から施行となる障害者自立支援法により、自己負担が大幅に増えるのではないかと心配しています。

指揮者は大忙し

このように多くの関係先と関係者に支えられ在宅介護が成り立っています。

1日5～6名。多い時には10名ほどの関係者が私の介護のために訪問してくれます。関係者の方々が効率良く介護をできるためには、介護プランが良くできていることも大切ですが、関係者と関係者の連携がうまくいくことがもっと大切です。その役割をするのが、我が家では家内です。

時間が来ると介護の関係者がやって来て、また決まった時間になると次の介護者と交代します。場合によっては関係者と関係者の間に空白の時間があります。その空白の時間を埋め合わせて関係者と関係者との引き継ぎをする役がいないと、円滑に介護が進行できません。

その指揮者の役割も家内が務めております。

家内のある1日を観察しますと、早朝泊まりのヘルパーさんから引き継いで、次はトイレ介助のヘルパーさんを迎えヘルパーさんと一緒に介助をする。その間経管栄養を注入し、自分の朝食もとる。朝のケアが終わると間もなく訪問看護師がやって来ます。患者の病状について話し、変化があれば対応について話し合います。訪問看護師さんのリハビリが終わると、ベッドの上で私が新聞を読むのでその体勢を整えます。新聞のページをめくりながら昼食の準備をします。昼食の経管栄養注入を済ませ、食事後に私が休んでいる間、昼食のあと片付けとお風呂の準備をします。間もなく訪問入浴の方々がやって来ます。訪問入浴は1時間くらいで、その間呼吸器の管理者としてそばについています。入浴の途中でヘルパーさんが来ますので、呼吸器の管理者を交代します。訪問入浴が終わる頃、自らの腰痛の治療に出かけます。帰宅すると夕食の準備と経管栄養を注入します。夜10時になると、また泊まりのヘルパーさんがやって来ます。ヘルパーさんに引き継ぎをすると、やっと一息つけます。ヘルパーさんがいない時間は家内が吸引、排泄等の介助をします。買い物、市役所、銀行などへは日中ヘルパーさんがいる時間に出かけます。このように、朝から夜まで大忙しの毎日です。

難病患者の在宅介護は気長に

私の場合には、退院してすぐの間は体も動きましたので、その頃の介護の手間は少なくて済みました。しかし、病気の進行とともに体は動かなくなり介護の手間が増えてきました。

こうなった場合でもまだ介護者は元気なので、ついつい自分の力で介護をしようと無理をしがちです。また、この段階で行政にお願いしても、なかなか支援費について認めてくれないものです。我が家の場合も1年目は家内が洗髪からトイレ介助、夜間の吸引までを1人でこなしていました。そのため腰を痛めてしまい、それからずっと腰痛治療をしていますが改善することなく悪くなるばかりです。介護も2年目になって訪問入浴をお願いしましたが、それまでは家内と訪問看護師さんとヘルパーさんの力を借り、自宅の浴槽で入浴をしていました。

難病患者の在宅介護は先の見通しが立たないけれど、確実に病気は進行して介護の負担は増えていきます。家族介護者はこのことを頭に置いて、長い目で介護に取り組む必要があります。元気だから、体力があるからといって、短期的な介護をすると自分の健康を害し、取り返しのつかないことになります。

一方、行政関係の支援窓口の方には、介護者が健康を害してから支援費を認める、という後追いではなく、予防の段階で支援費を認めていただきたい。支援を受ける家族にとって、病気になってから支援を受け、痛みに耐えながら介護を続けるより、その前の段階で支援を受け介護を続ける方がどれほどありがたいことかご理解いただきたい。その判定は難しいことと思いますが、温かな、そしてしなやかな心で患者家族を支援していただきたいと思います。

訪問入浴

私はお風呂大好き人間です。これで暑い夏は汗を流してさっぱりし、寒い冬は芯まで冷えた体を暖め、眠りにつくことができます。

自宅を建て直した際、これからは自宅のお風呂で足を伸ばしてゆっくり楽しもうと思い、お風呂場の設計には力を入れました。残念ながら、このお風呂も充分楽しむことのないうちに、病気になってしまいましたが…。

さておき、自宅のお風呂に入ることにこだわりを持っていましたので、退院して9ヵ月の間は自宅の風呂を利用していました。その頃の呼吸器はバッテリーが内蔵ではなかったので、訪問看護師さんにアンビューを押してもらい、後ろから安全のため家内がついて風呂場まで行き、シャワーチェアーに座り体を洗ってもらい入浴しました。2000年の4月からは介護保険が導入されたことでヘルパーさんに来てもらい、3人の体制にしました。8月には歩行ができなくなり、車椅子でお風呂場まで行き入浴しました。10月になると主治医から自宅の風呂は危険だからと訪問入浴を勧められました。

その際にケアマネージャーに相談し、アイリスケアサービスにお願いすることを決めました。

10月20日、初めて訪問入浴を利用しました。入浴チームの編成は男子1名、女子3名。それぞれ役割分担があり、男子は車の運転、ボイラーの管理、給湯の管理、そして患者をベッドから浴槽に移す時、または戻す時に患者の一番重い部分を抱えて安全に移動させます。女性の1人は看護師さんで、患者の体温、血圧の測定をして、入浴できるかどうかを判断します。残りの2人の女性は、衣服の脱着や体を洗ったりするのが主な役割です。

私の場合は次のように入浴します。お風呂の準備ができて浴槽にお湯を入れ始めると、ベッドから浴槽に移してもらいます。最初に顔を洗ってもらいます。次に髪の毛を洗ってもらい、それが終わると浴槽に浸かります。しばらく暖まると手から洗い始めます。手から洗い始め、足の先まで洗ってもらい、次に背中を洗ってもらいます。一通り体を洗うと浴槽のお湯を流し、シャワーで石鹸を洗い流してもらいます。そしてベッドに戻って、下着とパジャマを着ます。

訪問入浴が到着して、全てが終わって帰るまで45分から1時間以内です。よく訓練されていて、また役割分担も明確にされていることに感心します。それから気切部分に対して、決して水がかからないようにタオルと人の手でガードし、さらにシャワーの口を傷口に向けないなど、細心の注意を払っていることに感心しました。

このように安全でかつ王様になったような気分になれるのであれば、転倒の危険を冒して無理をして自宅の風呂に入るよりも、もっと早くから訪問入浴を利用すべきではなかったかと思いました。その一方で、また1つできることがなくなってしまった、自宅のお風呂に入ることができなくなってしまった、という寂しさが残りました。

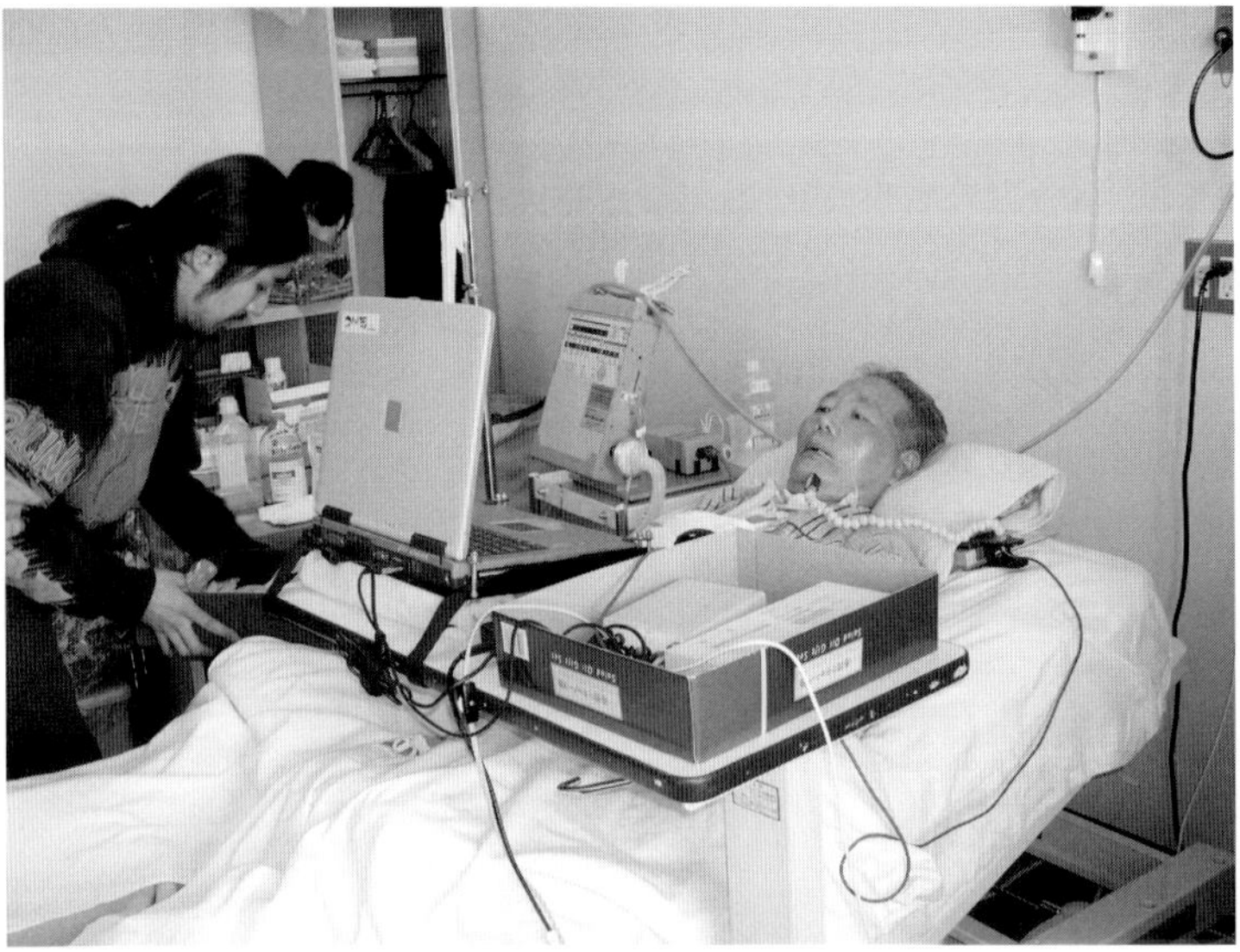

ショートステイ病院での機器設置もヘルパーさんの協力で。

ショートステイ

制度について

この制度は在宅介護を定着させるために作られた制度です。在宅介護は家族の負担が大きく、疲れがたまります。そんな時、または冠婚葬祭などの時、一時的に病院で患者を預かって介護をしてくれる制度です。

私の場合、3ヵ月に1回、2～3週間くらいをメドにこの制度を利用して、今まで計18回、家内の疲れがたまった都度、疲れを解消するのに使っています。

この制度に協力する病院はたくさんありますので、その中から希望する病院を地域の保健所を通して申し込みます。ですが、なかなか希望する病院がとれません。人気のある病院は申し込み者が多くいつもベッドが塞がっています。一方で、人気のない病院はいつ申し込んでも取れますが、介護サービスがどの程度かわかりません。いつ申し込んでも取れない病院の中には、協力すると手を挙げておきながら、病院経営の効率の点からあまり積極的ではないというところがあるとも聞いています。

病院選びについて

○近くて便利

まず何といっても近くの病院が良いです。入院するにも自分で歩いて行けないので、全て人の手に頼らなければなりませんから、近いのが一番です。そのうえ、病院に預かってもらっているとはいえ、何か起これば介護者がすぐに行かなければならないので、その負担を考えてもやはり近いところが便利です。

○制度に協力的

在宅介護を定着させるためのこの制度について、十分理解し協力しようとする病院であること。病院経営からすると、手間のかかるショートステイは避けて、他の患者でベッドを埋めた方が効率が良いと考えられますが、社会的使命からこの制度を利用する患者から優先的にベッドを埋めるというような考えを持っている病院であることも重要なポイントです。

○実際に受け入れ体制がある

看板通りに受け入れ体制ができているという病院。協力病院という看板を掲げていても、実際は体制が整っていない病院もありますのでこういう病院は避け、名実ともに受け入れ体制のある病院に入りたいものです。

病院選びの際に事前に利用者が集められる情報というのは、冒頭に挙げた「近所にあるか」くらいで、その他は実際利用してみないとわからないというのが実状です。従って、病院を利用しながら選別するしかありません。自分なりの選別の考え方を持って、希望する病院を利用できるよう努力するしかありませんが、利用者同士で利用した評価を交換できると良いと思います。

またショートステイを利用して思うことは、同じ病院の同じ診療科に入院しても病棟が違うとまったく別の病院に入院した感じを受けるということがままあるということです。看護サービスはその性格上属人的なものであるのはやむえないことですが、前回入院した時の患者の状況、看護の対応が病棟を越えて流れると、患者としては同じ病院に入院したという安心感が得られます。

ナースコールは命綱

ショートステイした時の問題は、ナースコールをどのように使うかということです。私の場合、最初のうちは病院の一般的なナースコールのボタンを押しやすくすれば、通常のナースコールが使えました。で

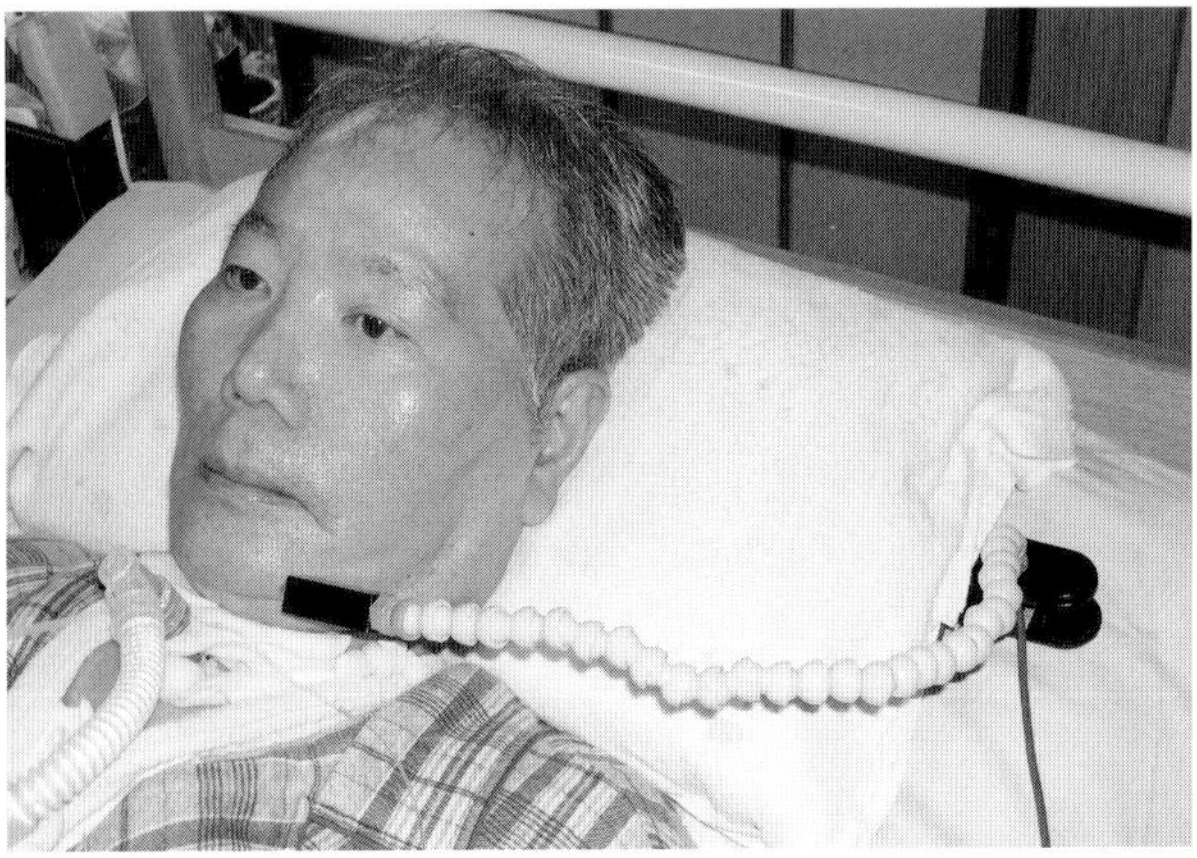

顎センサーのナースコールスイッチ

すがこの病気の場合、病状が進行すると少しの力しか出ないのでナースコールを押せなくなり、マイクロスイッチに切り替えました。さらに病気が進行して、指も手も動かなくなり、タッチセンサーに切り替えました。

いつの場合でも、ナースコールが十分にセットされているかどうかを徹底的に確認します。単純なナースコールのセット忘れを防ぐため、吸引の後など看護師さんにナースコールのテストをお願いしています。それでも真夜中の体交の時など、夢うつつで対応しているとテストを忘れ、看護師さんも忘れてしまうことがあります。しばらくして痰が詰まって目が覚めると、ナースコールが遥か遠くにあることに気がつきますが、もう後の祭りです。なす術もなく、ただじっと我慢するしかありません。次の巡回で看護師さんが来るまで、その時間の長いこと…。そして呼吸の苦しさに耐える恐怖は、実際体験しないとなかなか理解してもらえません。

ナースコールのテストは、必ず2回することにしています。1回のテストでは、たまたま作動させることができても、次に作動させることができないという場合があります。あと1ミリ届かないことで苦しむことがあります。そうした時は、無理をして努力すると呼吸が乱れ、痰の詰まりが早くなるので、静かにじっと誰かが来るのを待つのが一番の方法です。恐怖のためパニックになって体を無理矢理動かすと、結果は呼吸が苦しくなるだけです。

それから、氷枕を使っている時のナースコールのセットに注意しなければなりません。氷枕の氷が溶けた時に頭の位置が動きますので、ナースコールが離れて押せなくなります。実際体験したのですが、氷が溶けて頭が枕から外れてしまったことがあります。それを防ぐには、頭の左右にタオルを挟んで頭を固定するとよいです。

看護師さんにお願いしたいのは、ナースコールが長い時間鳴らないからといって安心しないで、ナースコールが押せないで苦しんでいる場合もあるので、患者の顔を定期的に覗き込んで確認していただきたいということです。

それとエアマットのタイプで一定時間ごとに空気圧が変化するものは、空気圧の変化に伴いナースコールの接点が少しずれますので、そのことも含めて設定をしてください。また利用者はそうした場合、慌てず一定時間待ってナースコールを作動できる接点が来たところで押しましょう。

意志疎通について

病状が進行してきて一番困るのは、看護師さんとの意志疎通がうまくできなくなることです。私の場合、最初のうちはわずかながら声が出ていましたが、それもできなくなり口のわずかな動きを読み取ってもらうことになりました。

看護師さんによっては、うまく読み取ることができる人と、読み取ることができない人がいます。読み取ることができない人ほど、耳を口に近づけ聞こうとします。読み取ることができる看護師さんは、離れて口の動きを見ながら、かつ周りの状況から判断し、患者の伝えようとすることを読み取ります。また、より患者の気持ちに立って聞こうとする看護師さんほど読み取りが上手です。

看護師さんにより早くより正確に、こちらのお願いしたいことを伝えるため、私はお願いしたいことを一覧表にしてその都度看護師さんに順番に指さしてもらい、該当するところで合図をするという仕組みを作っています。

例えば「吸引してください。」「テレビをつけてください。」など。また、それ以外の一覧表に載っていないことは文字盤で伝えます。現在利用している「お願いリスト」には23の項目を載せています。

文字盤を利用する場合、患者と看護師さんの間で利用するルールを確認する必要があります。例えば最初にあ行、か行などの行を確認し、それからその中の文字を確定する。確定する方法としては、看護師さんが声を出してその文字を読み患者に確認する。それをひとつひとつ積み重ねて、意志疎通を図ります。要領の悪い人はせっかく確定した文字を忘れてしまうこともありますので、そういう場合は確定の都度メモしてくれると助かります。せっかく確定したのに「なんでしたっけ？」と言われると愕然とします。

「急がば回れ」といいますが、焦らずひとつひとつ確定することが上手な意志疎通のコツです。

参考までに、現在使用している「お願いリスト」を掲載しておきます。

お願いリスト「1から23まで」

該当する項目のところで（瞬き）します。

1、吸引してください。（全部、口のみ）

＊合図　舌を出す

2、胸を押してください。（スクイージング）

3、ネブライザーを（つけて、はずして）ください。

4、背中をタッピングしてください。

5、涙を拭いてください。

6、口の持続吸引を（セットして、はずして）ください。

＊合図　口を尖らす

7、蛇管に（水がたまって、空気が漏れて）います。調べてください。

8、蛇管を動かしてください。

9、トイレ（大、小）です。

10、体を引き上げてください。

＊合図　上目遣い

ショートステイ先の病院の病室の壁に貼られた指示のメモ類。

11、首折れを直してください。枕と肩の間隔を詰める。
12、頭を（高く、低く）してください。
13、手を動かしてください。（右、左）
14、足を動かしてください。（右、左）
14-2、膝を立ててください。（高く、低く）
15、指を伸ばしてください。（手、足）
16、お茶が飲みたい。
17、テレビを（つけて、消して、チャンネル変えて）ください。
18、「伝の心」を（セットして、はずして、電源を入れて）ください。
19、センサーを正しくセットしてください。
20、頭を（右、左）に動かしてください。
21、カニューレが引っ張られて苦しい。直してください。
22、文字盤を用意してください。
23、アイスノンを（入れて、はずして）ください。

病院での入浴

病院での入浴は、おおむね1週間に1回。風呂好きな患者にとって入院中の唯一の楽しみでもあります。

その入浴がとてもリラックスしたものとなればハッピーとなり、逆に緊張の連続では何のための入浴かということになります。

病院では入浴は、看護サービスの一項目でウエイトとしては軽い項目かもしれません。しかし、患者にとっては浴槽に浸り、手足を伸ばしてリラックスできるのはこの時しかありません。

そこで担当する看護師さんにお願いしたいのは、忙しい中10分でよいから時間を捻出して浴槽の操作、手順を下見確認しておいていただきたいということです。

その場になってストレッチャーをシャワー台にどう繋ぐかわからないとか、浴槽の操作がわからないとか、さらには痰を引くカテーテルを忘れたので吸引器のチューブを口に入れ唾を吸引されたりでは緊張が解けず、患者の入浴気分はどこかに吹き飛んでしまいます。お風呂は安心して、のんびり入れるよう配慮してくれるとありがたいです。

入浴時の呼吸については、人工呼吸器による方法とアンビューによる方法があり、どちらの方法によるか意見を求められれば、私はアンビューを選びます。

なぜかというと小回りが利くからです。ただし、アンビューの押し手との間に信頼関係がないとうまくいきません。

呼吸器の場合、風呂場に持ち込むと水に対する注意、蛇管の重さが負担にならない注意、浴槽へ移動する時などの蛇管への注意などが大変で、同時に呼吸器を管理する人が必要となりますので、そのことや手間を考えるとアンビューが手軽で便利だと感じています。

支援費

支援費制度は2003年4月から導入された制度で従来の措置制度に代わるものです。この制度では、障害者が自立した生活を送るために要求するサービスを自ら決め、事業者と対等の立場で契約できるようになりました。支援費の支給を受けるには、市町村の窓口に申請しなければなりません。そして支給量は、各自治体の長が定める支給基準によって自治体の長が決めます。従って、黙って待っていれば支給されるものではなく、障害者自身がどのような生活をしたいかを決め、どのようなサービスを受けたいかを考え、市町村の窓口に申請するという行動を起こさなければなりません。

私の場合は2003年に制度が発足した時、それ以前の全身性障害者介護人派遣制度の週12時間（ひと月に54時間）を引き継ぎ、ひと月に84時間の支援費の支給が決定されました。その時は発病から3年半が経過しており、人工呼吸器を付け首から下は全く動かせない状態でした。家族は次男が同居していましたが、会社員で朝8時に出かけ、夜12時に帰宅し、休日は疲れ果てて寝ている状況で、介護の要員としては全く考えられない状況でした（その年9月に結婚をして独立）。従って、実質、家内と2人で生活をしていました。

家内は、市の障害福祉課の窓口を再三再四訪問し、発病以来の介護の疲れと腰痛のためこのままでは介護を続けることができない窮状を訴え、患者の介護の支援拡大をお願いしました。しかし、なかなかよい返事はもらえませんでした。

介護保険で1日あたり1.5時間、全身性で1.7時間、合わせて3時間。残りの時間は家内が介護している状況でしたが、この病気は吸引という重要な作業があり、24時間介護を必要とする病気です。夜間3～4回は吸引のために起きなければならず、家内は常に睡眠不足で、その頃は介護のミスがいつ起こるか心配で安心して介護を受けることができない状態でした。

そこで、支援費制度が始まるというので、このような状況を克明に書面に書いて窓口へお願いしました。しかし、結果は約5割増えたとはいえ、ひと月84時間ではこちらの希望とはほど遠いものでした。

そこで、直ちに不服申立書を作成し、その書面を持って直接窓口を訪問し、もう一度状況説明と支援費の拡大をお願いしました。

だいぶ時間はかかりましたが、7月に担当者がみえて二四八時間の支給をしたいと話されたので、それを受け入れることにし不服申立書を取り下げました。そして8月から週3回夜間のヘルパーさんを入れ、残りは昼間の介護に回すことにしました。

9月になるとヘルパーさんも揃って、介護のローテーションも回るようになったので、市長へ支援費拡大のお礼と、その後まだ不足している状況を書面に書いて窓口へ出しました。

12月になって窓口を直接訪問し、その後の状況を報告し、いまだに週4日は家内が夜中の吸引をやっており、睡眠不足が解消できないと特に訴えました。

私の場合は毎年1月末が支援費の改定時期で、翌年（2004年）1月末には新しい決定通知書が来ました。そこには二四八時間と書かれており、前年と変わらない決定通知でした。

あれだけ窓口で一生懸命状況説明をしたのに何も変わっていないので正直なところ愕然としました。しかし、このまま力を落として何もしなければ、現状は変わらない。もう一度力を振り絞ってお願いするしかないと思い、また不服中立書を作成。それを持って窓口を訪問し、介護の現状を説明し、このままでは介護の事故が起こることを防げない、と支援費拡大のお願いをしました。

その年の3月中旬になって、市の担当者がみえて支援費を三八八時間に拡大したいという話を持ってきたので、それを受け入れ、不服申し立ては取り下げました。

ですが、私の病状はさらに進んでおり、その頃胃ろう手術を受けなければならない状況になっていたのは先に述べました。そして、腰痛を抱える家内1人では介護はできない状態でした。そこで支援費が拡大されたので、夜間の介護を週5日にし、残りを昼間の介護に回しました。

3月下旬に胃ろう造設の手術をし、4月初めに退院しました。術後の病状は順調でしたが病気はさらに進行しました。経管栄養となったことで今までより一層便秘がちとなり、何種類かの下剤で排便をコントロールする必要が出てきました。下剤が効きすぎるとヘルパーさんがいない時に排便がしたくなり、腰痛を抱える妻には大変な負担となりました。

また、痰が肺の奥にたまると自分で排出することができないので、スクイージングしなければ取り切れなくなり、このスクイージングも家内の腰にさらに負担をかけることになりました。

嚥下障害が進むと唾を飲み込むことが困難となって口の中に唾がたまり、これによって吸引回数がさら

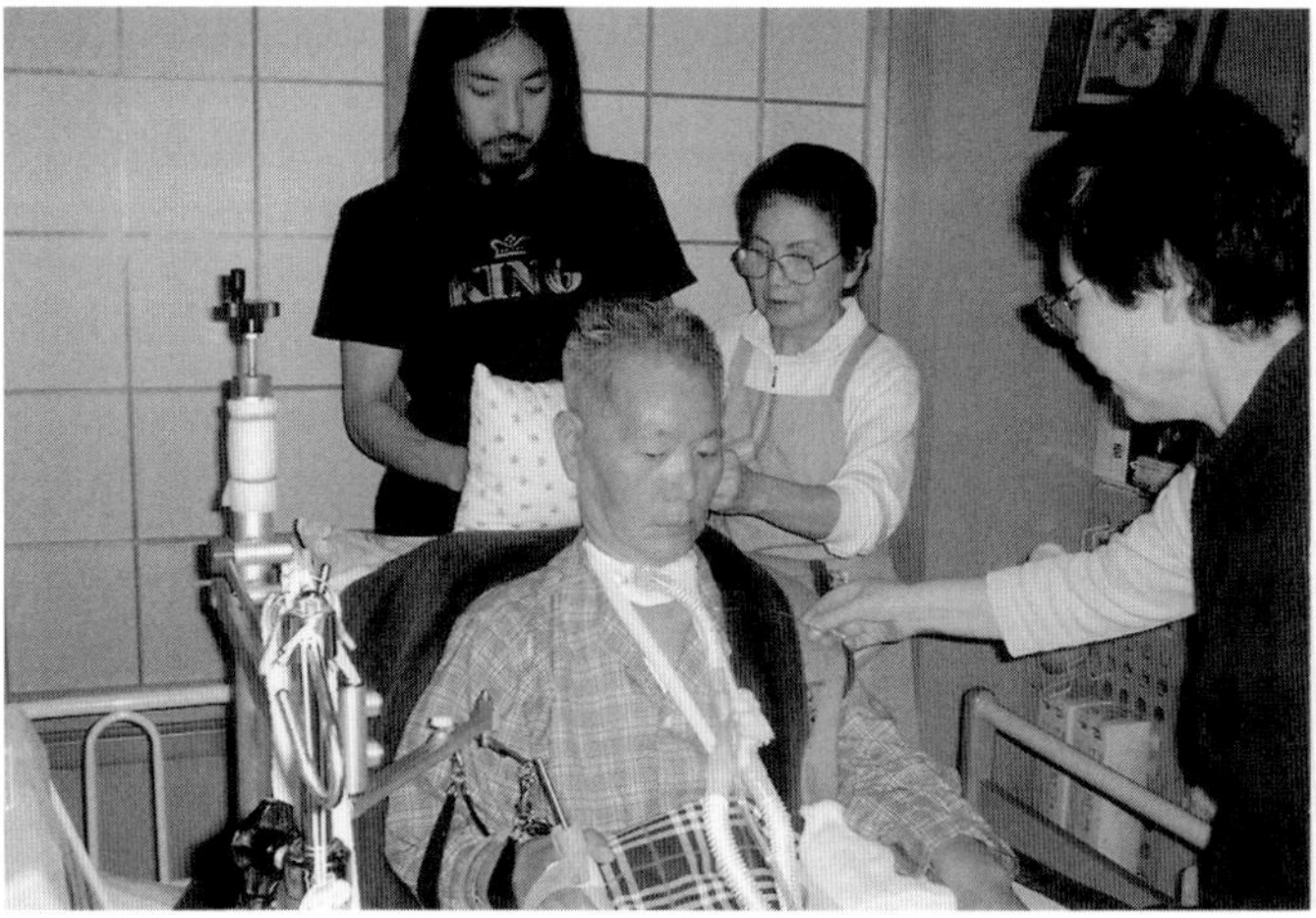

ヘルパーさんは老若男女

に増えました。１日10時間の１人介護をする家内にとって、これらの負担が重くのしかかり、８月頃には夕方になると立っていられないほど腰が痛み、それに足裏の痛みが加わるという状況でした。

このため、１つの作業が終わるとベッドに横たわり、腰を伸ばしひと休みしてから次の作業をするという状態で、この先を考えると精神的にも不安定な状況で、介護の安全が保てないと心配せざるをえない状況となりました。

これらの状況を文書にまとめて、９月になって窓口の担当者を訪問し、至急支援費の見直しをお願いしました。11月になって担当者の訪問を受け、現状を確認していただきました。そして11月の中旬、市からひと月四六〇時間の決定通知が送られてきました。

以上が、私の支援費が四六〇時間になるまでの経過です。

現在の介護体制は、夜間の介護はヘルパーさんにお願いしており家内の睡眠は確保されるようになりました。１人介護の時間は、支援費と介護保険の部分を除くと１日８時間弱となりました。ここまでくるのにだいぶ時間がかかりましたが、市当局の深いご理解に感謝しております。

支援費制度は障害者にとって大変ありがたい制度です。施設介護から在宅介護へと国の方針が転換される中で、家族の介護はどこまでかかわるべきか？　特に24時間介護を必要とする患者を抱える家族にとっては、このことは大変重要な問題です。この問題をあいまいにしておくと、家族は際限なく介護に引き込まれ、自分の自由時間が全くなくなってしまうからです。

週48時間労働は過去の話、今は週休2日、40時間労働の時代です。それと同じであるべきとは申しませんが、せめて1人介護の時間を1日8時間とするような支援をお願いしたい。それでも年中無休で介護を続けなければならず、2人介護が必要な時はいつでも手を出さなければなりません。

現在は少子高齢化の時代。在宅介護の担い手となる家族は少なく、老老介護が一般的となっていますから、高齢の家族の労働力を長く参加させるにはそれなりの配慮が必要となります。

例えば、1人介護の時間を4時間と少なくする。また、体に障害があったり、病気であったり、小さい子どもがいる場合なども当然配慮が必要になります。

健常者ばかりに囲まれている方々には、24時間介護を必要とする障害者を抱える家族の生活がどのようなものか、想像できないと思います。ですが、家族にも生活があります。そしてそれは、人並みの文化的なものが保障されてしかるべきと考えます。あなた自身が現在健康で、しかも健康なご家族に囲まれているとしても、いつ何時《なんどき》障害者となるかも、また障害者を抱える身となるかもわかりません。他人事と思わず、どうか、皆さんの深いご理解と温かいご支援をお願いします。

第3部
生きる喜び

ＱＯＬ（クオリティ・オブ・ライフ）

ＡＬＳという病気はご承知のとおり運動神経が冒される病気で、身体は動かないのですが頭脳は正常に働きます。ゆえに、介護の手さえあれば、寝たきりにならずに社会参加できるし、創作活動もできます。なによりも患者本人の気持ちが一番で、もうダメだと諦めて寝たきりになるか、迷惑ついでに周りの力を借りて残された能力を生かそうとするか。そして、患者本人にこうありたい、こうしたいという強い気持ちがあれば周りの協力も得られ、ＱＯＬを高めることができると思います。

従ってＱＯＬを高めるには本人の強い意志、強い情熱がまず必要です。しかし、いくら本人が頑張っても身体は自由に動かせませんから道具、補助具がないと何もできません。大切なのは、自分の能力に合った道具、補助具を揃えることです。

そして次は介助者です。本人のやる気と道具が揃っても、自分１人では目的を達成することはできません。例えばパソコンを使うにしても、まずパソコンをセットし、入力するツールを装着、さらに電源を入れてもらって初めて操作することができるのです。

このように、何事をするにも本人の意思と道具と介助者が必要なのですが、この３つが揃えばＱＯＬを高めることができます。

インターネットと電子メール

私は元気な時はシャープのメビウスというパソコンを使っていました。ノート型とはいえ4〜5キロの重さがあり、使うたびに家内がセットするのは大変だと思いました。

そこで、もっと軽くて取り扱いの簡単な機種がないかと探したところ、NTTで新しく電子メールとインターネットが簡単にできる小型の端末が発売されるという新聞広告を見つけ、それを買うことにしました。この機種は簡単なインターネット端末でPI2000「ぷちウェブ」といいます。大きさは20センチ四方、厚さは4センチ、重さは1.1キロで、持ち運びは家内でも片手でできるというものです。

機能はインターネット、電子メール、簡単なゲームができるというもので、普通にインターネットで検索をしたり、電子メールのやり取りをするには十分なものです。機能がたくさんあっても、簡単に取り扱いができず、滅多に使わないのでは何の役にも立ちませんから。

少し不便な点は高バージョンのホームページにはアクセスできないことと、電子メールで写真をやり取りするときに時間がかかるということぐらいです。それを我慢すれば、初心者にとってこんなに便利な機種はないと思います。

小型な機種なのでキーボードが小さく、指で正確に押せないので、私は消しゴムが片方についた鉛筆でキーをひとつひとつ押して使っていました。病状の進行により鉛筆の握りが甘くなった際には、丸いスポンジの中心に鉛筆を通して握り部分を太くし、握りやすくしました。さらにそれも握れなくなったので、伸び縮みするマジックテープで鉛筆を指に固定して使っていました。

　このＰＩ２０００の導入は、インターネットでＡＬＳの情報を検索したり、同じ病気の方のホームページを見たりすることで、精神的に落ち着きを取り戻すのにとても役立ちました。その他に障害福祉の法律条令などを見たり、また市議会の議事録を見たり、障害福祉の動き、行政の動き、社会の動きや動向を掴むのに役に立っています。

　電子メールでは、弟や妹とのメール交換、田舎の友人とのメール交換、テニスや絵の仲間とのメール交換、同じ病気の方とのメール交換などをして世界を広げています。

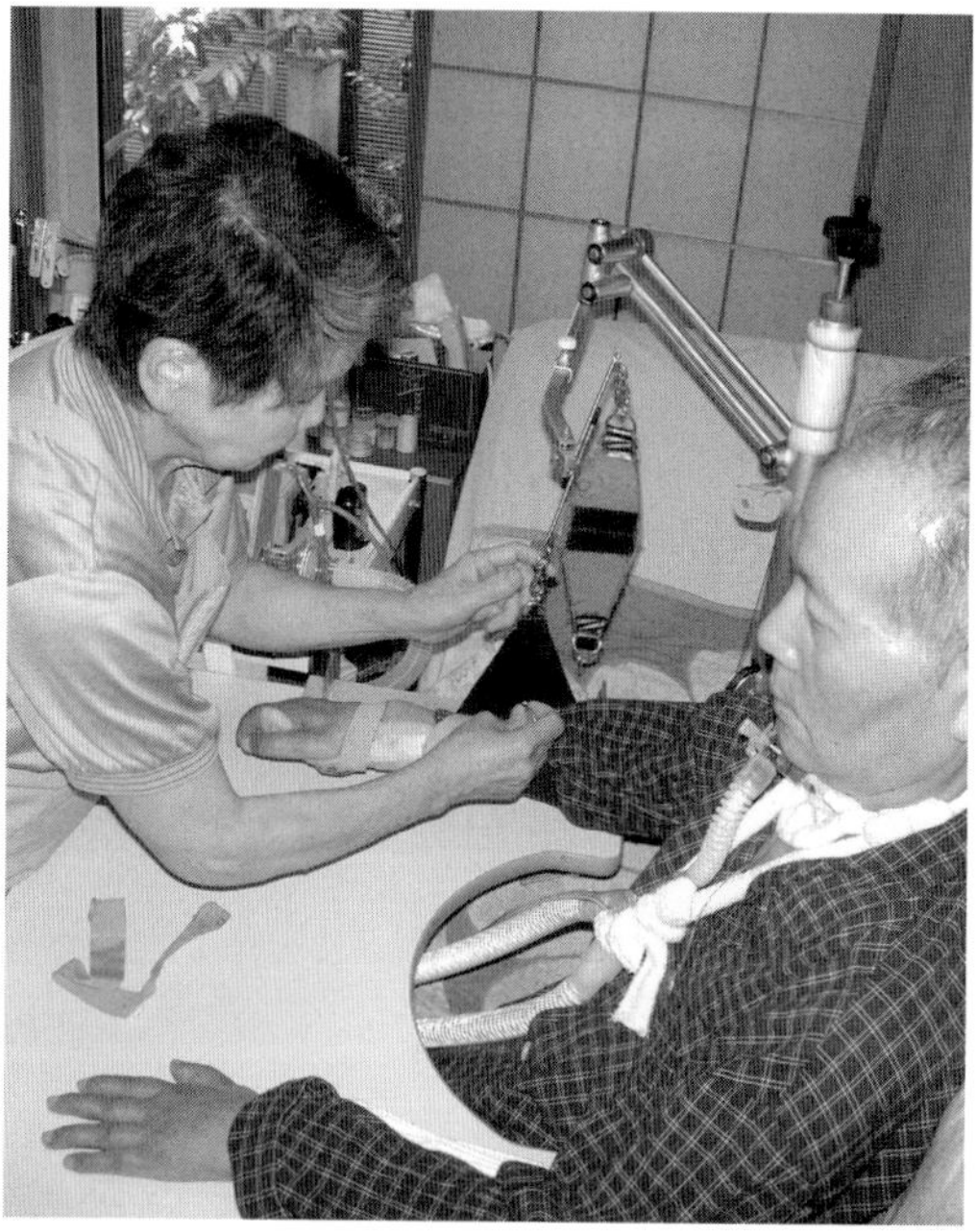

バランサー装着

絵を描くこととバランサーとの出会い

私は中学生の頃から絵を描くのが好きでした。社会人になってからはしばらく絵から遠ざかっていましたが、50歳になったのを機に時間を見つけてはコツコツと独学で描き始めました。しかし、なかなか上達しないので、新宿の絵画教室に入り楢崎重視先生の指導を受け東光会展に入選するまでになりました。

退職してこれからさらに上を目指して描き続けようとしていたところの突然の呼吸停止。気がついて落ち着いた時は人工呼吸器なしでは生きられない体になっていました。

しばらくは何もする元気はありませんでしたが、現実を受け入れざるをえないと悟り、今出来ることをしようと再び絵筆を執りました。

発病して1年半頃になると右手を挙上することも筆を握ることも出来なくなり、絵を描くことを諦めかけていました。

その頃、都立神経病院にショートステイで入院しました際に、リハビリ科の田中勇次郎先生に相談したところ、ポータブル・スプリングバランサーを勧められました。これは、要するに腕をバネの力で吊り上げるもので、肘が机上に乗らずに浮いている状態を目指すものです（表紙写真参照）。

そして、現在病院にバランサーがあるというので早速作業室に車椅子で行き、バランサーをつけて小さな人形を描いてみることにしました。

バランサーに右手首を固定し、指先に筆をくくりつけ恐る恐る手を動かしてみると、右手が動くではありませんか。こうして無事人形を描くことができ、再び絵を描く喜びを手にすることが出来ました。退院後すぐ、バランサーを購入し、以来愛用しております。

バランサーにもいろいろ制約があり、まず可動範囲が限られています。最初の頃は限度いっぱい使って、10号の大きさの絵を描くことに挑戦しましたが病気の進行とともに小さくなり、今は6号が最大で3号が手頃の大きさです。

水彩画はもっぱら色紙に描いており、時には葉書大の画仙紙にも描いています。

いつの場合も手が届かないところが出てきます。その時は絵を逆さにしたり、横にしたり、斜めにしたりして、手の届くところに持ってきて描きます。

お花などをいただきますと、花の形や葉の形をよく観察しどのように色紙に描くか構図を考えます。次に花の色や葉の色はどの絵の具の色を使うか。混ぜるとすればどの色を使うか。塗り重ねるとすれば、順序はどうするかなど考えていると退屈しません。

こうして制作した作品をしまっておくだけではと、作品展を開きました。

1回目は2000年1月、故郷の静岡県島田市のギャラリー「発見」で今までの作品のうち80号から4号まで比較的大型のもの31点を展示しました。大変好評で500名近い方々にご来場いただきました。

これに気を良くして、2回目を2003年4月、同じギャラリーで未発表の20号以下の小品22点、発病後描いた小品16点、それに色紙絵20点を展示しました。2回目も好評で連日100名近い方にご来場いただきました。作品展の準備、運営はすべて高校の同期生と弟夫婦の献身的奉仕でなされ、成功したものと篤く感謝しております。

また色紙絵については、都立神経病院や自宅近所の佐々総合病院の展示場に10点ずつ展示させていただきました。2005年6月には、佐々総合病院で4回目の展示をしました。作品をご覧いただいた方から励ましの言葉やまた逆に励まされましたというメッセージをいただくと、絵を描き続けていて良かったと思うと同時にこれからもバランサーを使い1枚でも多く絵を描くことが出来ればと願っています。

散　歩

ベッドの上で毎日暮らす私にとって、散歩は楽しみのひとつです。真夏の一番暑い時期と真冬の一番寒い時期を除いて、雨や雪の心配のない土曜日の午前中は散歩タイムです。

散歩も同じ場所に行っていると飽きてしまいますので、自分なりにコースを考え、体調や天候に合わせて「今日はこのコースにしよう」と決めて出かけます。

一番近くのコースはお花屋さんとスーパーで、時間のない時などに行きます。家から4〜5分のところに小さなスーパーがあって、その入り口にお花屋さんがあります。そこに寄って、今どんな花が咲いているか、絵を描くのにモチーフになる花はないかとお店の中をぐるりと回って楽しみます。部屋に花を切らした時は、その季節のモチーフになるような花を買い求めます。

お花屋さんを出ると、次はスーパーに寄って、今度はどんな果物が売っているか、モチーフになるような果物はないかなどと眺め、気に入ったものがあると買い求めてきます。

以前、魚などは描かないのですかと聞かれたことがあります。魚は日もちがしないので、私の描くスピードと合わないのです。

気に入ったお花や果物を買い求めることができた時は、すぐ隣にあるファミリーレストランに寄って、コーヒーなどを飲みながら、これからどんな風に描こうかなどと、思いを巡らします。

2つ目のコースは西武鉄道が開発した一戸建ての住宅団地まわりです。1960年代に分譲されたらしく各戸の敷地面積が60坪から100坪あります。このコースを選んだ時は各家庭のガーデニングを眺めて楽しみます。各家庭が競うように季節の花を植えているので、それらを眺めるのも楽しいものです。

この地区で古い家が壊されて新しい家が2軒建てられ、表札を眺めて苗字が違うと、この家は娘さんが帰ってきて、同じ敷地内に住むようになったのだなあと眺めています。

また、二世帯向きに増築して親子の同居が始まる家もあります。土地を売却する家もあり、その後必ずといっていいほど、建て売り業者が小さな家を2～3軒建てて売ります。こうしたことが、あちこちに起きると街の様子が変わって、落ち着かない感じがして、さみしくなります。

なかには、駐車場になる敷地もあります。相続の関係ですぐに処分できないで、仮に駐車場にしているのかなあと思いながら、この散歩コースを楽しんでいます。

花小金井駅近くのコースは、本を買ったり、文房具を買ったりする時に出かけ、駅近くの移り変わりを眺めて来ます。駅が橋上の駅舎に変わり、そこに新しいパン屋ができたので北口のパン屋が撤退し、そこがドラッグストアに変わってしまいました。駅前の雑誌を扱っていた小さな本屋さんも店を閉め、拓殖大一高も移転したので駅の北口がこれからどのように変わっていくのか、とても楽しみです。駅のエレベーターに乗って南口に行くとロータリーが整備されバスが入ってくるようになり、人や車の流れが変わっているので驚きます。

駅に隣接して大きなマンションが建設されています。完成するとどんな街になるか、また楽しみです。

買い物に出かけて、希望する本やものがなかったときには一駅電車に乗って田無のデパートまで出かけます。駅の窓口に言えば、乗降の際に駅員がスロープを持ってきて親切に対応してくれます。障害者が車椅子を使って電車を利用することが、ようやく当たり前になってきたことを感じます。

六都科学館コースというのもあります。我が家から北の方に12～13分行くと田無タワーがあり、そこに近隣の6市が合同で建てた六都科学館があります。障害者手帳を持っていくと無料で入館できます。宇宙に関する展示物から人体の模型まで、科学に関する展示物がいろいろあります。子供向けではありますが、大人も十分楽しむことができます。最上階にはプラネタリウムもあります。また、1階には小さなカフェもあり、そこでお茶を楽しむことができます。

季節の良い時、余裕があれば小金井公園まで出かけます。春は観梅、お花見。若葉の頃が散歩に最適です。暑い夏は避けて、秋になって木の葉が色づく頃もよいです。このコースの難点は、遠いので現地でゆっくりできないことです。このコースを選ぶ時は少し早めに出かけるよう、ヘルパーさんにお願いしています。

散歩で注意することは、吸引、給水、トイレ、バッテリーです。

吸引は出かける前に十分吸引して、なるべく途中で吸引しないで済むようにするのがよいと思います。しかし、ちょっとした刺激や体調で痰は出てきますので、スーパーやデパートならばベンチのある休憩スペースをあらかじめ頭に入れておく。また公園や遊歩道ではベンチがどこにあるか知っておくと慌てないですみます。

給水とトイレですが、これも出かける前に済ませておくのがよいと思います。しかし途中で何も飲めないのでは、新しいお店を見つけてちょっとお茶をするという楽しみもなくなってしまいます。散歩の楽しみは、思いもよらない店を見つけて新しい発見をすることにあります。あらかじめ身障者が使えるトイレがどこにあるかを知っておくのも、散歩を楽しく安全にする秘訣です。

バッテリーについては、呼吸器の動力源ですから出かける前に充電残量を確認しましょう。何が起きても慌てないようにするためには、私は1時間もつ呼吸器本体の内部バッテリーを予備として、2時間以上もつ外部バッテリーを接続してます。こうしておきますと、何が起きても1時間の余裕がありますから大概のことに対処できます。

伝の心

発病して間もなくの頃からNTTのメール・インターネット専用小型端末（PI2000「ぷちウェブ」）を使用しておりましたが、じきにバランサーを使って右手を挙上してもパソコンを操作できなくなり、2004年10月、日立製のパソコン「伝の心」を購入しました。

小型機の良かった点は、20センチ四方で片手で持てる、差し込みプラグ2個をコンセントに差し込み、機械の電源を入れるだけで起動する、ゆえにどのヘルパーさんも扱えるという点でした。

どんなに優れた機械があっても、それが私の目の前にセットされ、動かせる状態になければ無用の長物ですから。

さて、私の場合、「伝の心」をセットしてくれるのは複数のヘルパーさんで、若い青年から年輩の女性まで多士済々、そのどなたでもセットできるようにすることを目標にしました。

「伝の心」は常時使用するのでなく必要な時にすぐ目の前にセットでき、不要になればすぐ外して部屋

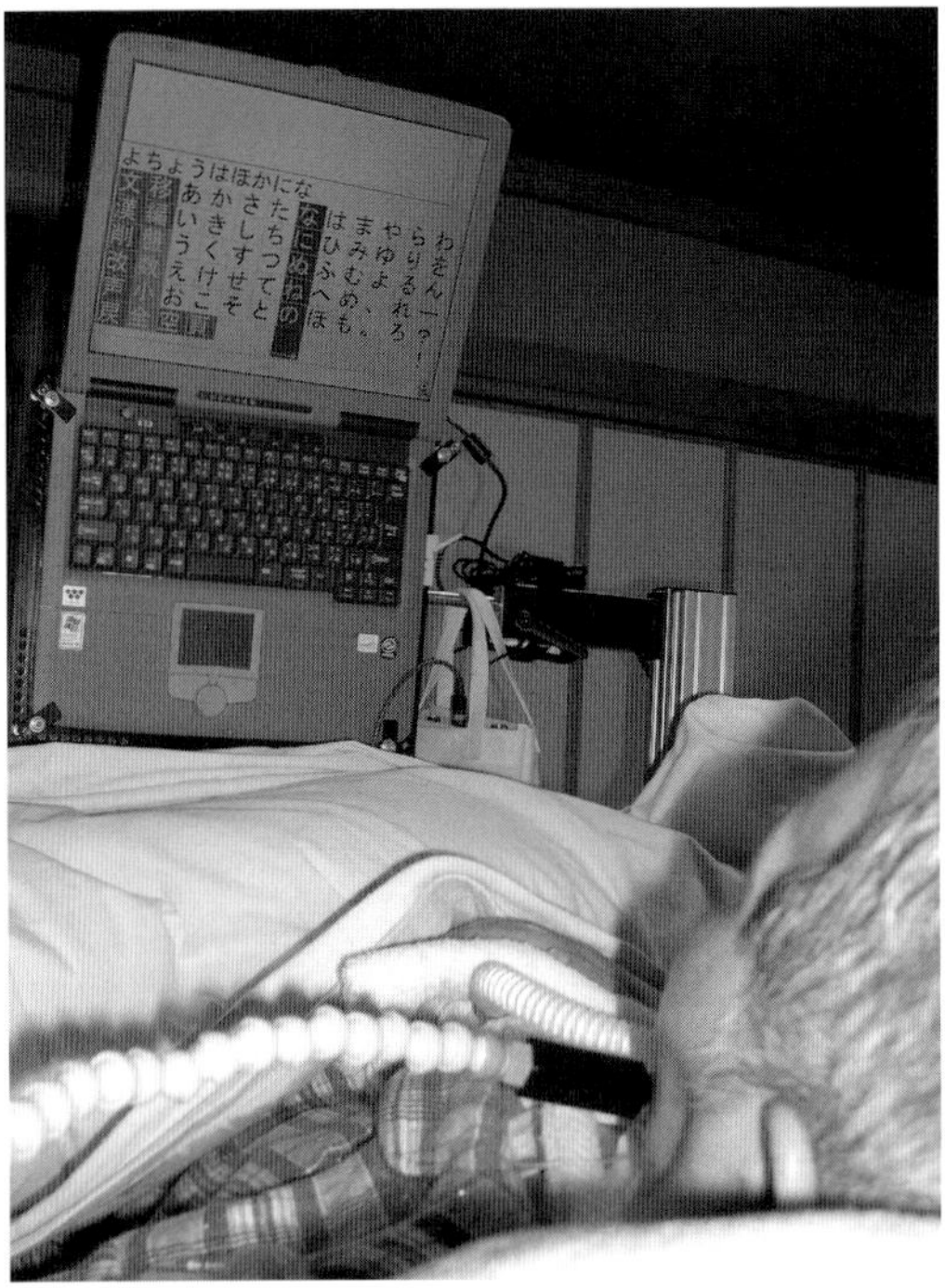

「伝の心」でインターネットやメールもしている。そして原稿書きも。

ぷちウェブ

の隅に置けるということを目指したので、キャスターつきスタンドを購入。このスタンドに「伝の心」を固定しましたが、ここに一工夫いりました。

　まず、複数穴のテーブルタップを用意し、これをスタンドの足元に固定しました。このテーブルタップに伝の心に関する複数のプラグを全部差し込む。これで家庭用コンセントへの接続は、テーブルタップのプラグ1個を差し込むことで完了します。次にセンサーのコネクターをコントロールボックスに接続することですが、コネクターと受け口は一定の角度・方向の時しか入りません。無理して押し込むと受け口が破壊されます。

　実際起きたことですが、あるヘルパーが眼鏡をかけずに無理して押し込んだため、危うく破壊されそうになりました。

そこでコネクターと受け口のある部分に同じ色のビニールテープを貼り、それを合わせたところで差し込めばよいという方法にしました。

あとは「伝の心」の電源を入れれば起動しますので、目標の2回のプラグ差し込みまで単純化できました。

こうして「伝の心」設定作業を単純化したことにより、いつでも、誰でも簡単に設定し、立ち上げてくれます。おかげで、今は毎日「伝の心」経由でインターネットやメールを楽しんでおります。

「習うより慣れろ」ということわざがあります。「伝の心」はまさにそのことわざどおり、面倒と思わずセットしてもらい、あちこち押してみることです。

失敗したらやり直せばよいのです。試行錯誤しているうちに上手になり、家族やヘルパーさんとの意志疎通も円滑となり、やがて電話回線を通して外部と繋がり、インターネットやメールで世界が広がってゆきます。

現在、一番多く使用しているのは「文書」で、漢字変換することで、より正確に意思の伝達ができるので、会話の時も使用しています。その他、メールを送る時も「文書」を使用しています。

インターネットは検索や他の方のホームページを覗いたりする時に使用しています。ブログで自分のホームページを立ち上げたいのですが、まだそこまで出来ておりません。いずれの日にか完成させたいと思い、他の方のホームページを見て研究しています。

メールについては、頻繁に使用するアドレスをＰＩ２０００「ぷちウェブ」から移し、友人とのメール交換を楽しんでおります。

その他、絵を描いておりますので、作品が出来るとスキャナーで取り込み葉書にプリントして、友人に送ったりしています。

まだ導入して日も浅いので、「伝の心」の能力のほんの一部しか活用できておりませんが、焦らず少しずつ利用範囲を広げてゆきたいと思います。

日本ALS協会と多摩ブロック会

ALSという病気には、日本ALS協会という患者団体があります。私もここの会員となっておりますが、ここでの関わりについて述べてみたいと思います。

2000年1月。退院したのですが頭の中は病気のこと、これからのことで混乱していました。最初は自分の人生もこれで終わりかと悲観だけが先に来て、何も考えられませんでしたが、2ヵ月が経過する頃には少し落ち着いてきました。

その頃になると現状を受け入れ、これからのことをどうするか考えられるようになり、何か参考になるものはないかと訪問看護師さんに相談しました。そこで日本ALS協会があることを教えてもらい、早速協会に電話し入会手続きを取りました。

数日後、協会から機関誌JALSAが送られてきました。それを読むと、協会本部の活動状況、各支部の活動状況、病気の原因究明や治療薬に関する最新情報、患者や家族の手記を通して多くの方々が病気と闘っていることがわかりました。それからは機関誌ＪＡＬＳＡが届く度、最初から最後までじっくり読ませていただき、情報を取り入れています。

毎年５月には新宿の戸山で総会が開かれており、一度参加してみようと思うのですが、なかなか人出が揃わずいまだ実現しておりません。

機関誌ＪＡＬＳＡで紹介されていた前会長の松本さんの出版された本や、他の患者さんが出版された本を協会から取り寄せて読みました。皆さんがそれぞれ人工呼吸器をつけながら活動していることを知り大変勇気づけられ、私も人工呼吸器をつけてじっと寝ているだけではなく、できることを楽しみながらボチボチやろうと思いました。

日本ＡＬＳ協会は東京に本部があり、各県ごとに支部を設けるよう組織の整備をしています。私は東京都支部に所属しています。東京都支部はさらに４つのブロックに分かれ、私は多摩ブロックに所属しており、日常の活動に参加しています。多摩ブロック会が開催されると、都合のつく限りは参加しています。

参加への最大の障害は、人手が揃わないことです。最初のうちは会社勤めをしている長男に連れていってもらいましたが、だんだん時間が取れなくなり、参加が難しくなっています。もっと気軽に参加できるように支援サービスが充実するとよいと思います。

多摩ブロック会が開催されると、総勢70～80名の方が参加されます。患者や家族、ヘルパーや看護師、ケアマネや入浴サービスの方、看護学生、ボランティア、それから協会の事務局、さらには都立神経病院の先生などが参加します。ブロック会は前半と後半に分かれ、前半はALSについての最近の情報や、病気の原因とか薬の開発情報などについて神経病院の先生方のお話を聞きます。実践的なことではコミュニケーションのツールをどうするかの話を聞いたり、呼吸リハについて患者と介護者に分かれて実際にやってみたりします。

後半は参加者を3つのグループに分けて、それぞれのグループで日頃介護で困っている事や、あるいはこんな工夫をしているなど簡単な自己紹介をしながら情報交換をします。

ブロック会に参加すると、病気と闘っているのは自分ひとりではなく、他の仲間も懸命に闘っていることがわかります。そして、さらに多くの人に支えられているということもわかり、勇気づけられます。

患者は車椅子に乗って人工呼吸器をつけてくる方から、まだ病気の初期段階で1人で歩いてくる方、車を運転してくる方までいろいろです。

私が参考にするのは、車椅子に乗って人工呼吸器をつけて参加している人で、その方はどのような車椅子に乗っているか、人工呼吸器はどこのものを使っているか、その大きさや車椅子にどうやって乗せているか、吸引器はどんなものを使っていて、吸引力はどのくらいかなどの点を見ています。この病気は進行性ですから、私よりも病気の症状が進んだ方の様子や対応を見ていると、自分がそうなった時の対応などが予想できます。

百聞は一見に如かず。ブロック会に参加するメリットとは、自分の目で見て、仲間がどうしているかを確かめることができることです。1人で悩んでいないで、事情が許せばとにかく参加することをお勧めします。

何回かブロック会に参加していると、私も質問する立場から、質問を受ける立場になってきました。私も先輩方に教えてもらうばかりではなく、先輩から受け継いだものを困っている人や悩んでいる人のお役に立てるようにすることが私の使命だと感じるようになりました。そして、それがこの本をまとめようと思った大きなキッカケなのです。

小さな旅（1）小江戸　川越

毎週土曜日の散歩が円滑に行くようになると、今度は少し遠くまで出かけてみようという気持ちになります。

そんな折、私の住む西武新宿線沿線で良いところはないかと考え、川越を訪ねたことがありました。川越は江戸時代からの古い建物が残っていて見物するところがたくさんあり、その上乗り換えなしで行ける場所です。終点の本川越駅は、ホームから階段を使わなくてもそのまま街へ出られますので、車椅子にはたいへん便利な駅です。

自宅から花小金井駅まで15分、そこから本川越まで45分。川越で休憩を入れての散策に2時間。往復計4時間の旅を計画しました。

当日は私と家内と、それにヘルパーさんと訪問看護師さんの4名で出かけました。午前8時に家を出発。

花小金井駅では駅員さんにスロープを出してもらってスムーズに乗車しました。土曜日の午前中で電車は空いており、沿線の風景を楽しんでいるうちにアッという間に本川越駅に到着しました。また、私の乗っている3番目の車両の所で駅員さんが待っていて、サッとスロープを出してくれました。これは、乗車駅から到着駅へあらかじめ連絡がついているシステムになっているからです。

改札を通って、いよいよ川越の街に到着です。早朝のためか、まだ人通りは少なく、駅前から川越の街へ歩き始めました。駅前の広場はどこの街にでもある凸凹したタイルが敷き詰められていました。美観とスリップ防止のためだと思いますが、実は車椅子利用者にとってはこの上ない悪路なのです。スリップ防止用のアスファルトに舗装してくれたら、快適な道路に一変するのにと思います。

さておき、蔵街を目指して進むと大きな交差点があって、その交差点を越えると昔の建物が建ち並ぶ蔵街の通りです。古い建物の外側を残し、中は使いやすいようにして、町並みの保存に努めている様子が伺えます。建て替えた家も古い町並みに合わせて作ってあり、違和感のないようになっています。何と言っても電柱がなく煩わしい電線が目に入らないことが、すばらしい。江戸時代にタイムスリップした感じがします。

そんなことを感じながらぷらぷら歩いていると、そこで町並みが終わり、Uターンをして今度は時の鐘の見える街角まで戻り、そこで小休止しました。昔ながらの鐘楼が建っており、今でも市民に時を伝えているのです。

残暑の中の散歩なので少し休みたいと考え、喫茶店を探しました。車椅子で入れる喫茶店はなかなか見つかりませんので、お店の人に尋ねると、大正ロマン通りにあるというのでその喫茶店を目指して移動をしました。蔵街から通り1本入ったところが大正ロマン通りで、そこには大正時代の建物が立ち並んでいます。一気に江戸時代から大正時代にタイムスリップした気がします。通りの中ほどでカフェの看板を出している店に入り休むことにしました。店に入ってすぐ左のコーナーに陣取って店の中を見ると、カウンターやテーブル、椅子なども大正時代の様式で統一されており、大正時代のカフェに入った感じがします。

一息ついて元気になったので、大正ロマン通りをぶらぶらしながら駅に向かいました。少し時間があったので駅でトイレタイムを取り、始発駅で電車が到着して待っていたので余裕を持って乗車し花小金井駅に戻りました。自宅には昼の12時を少し回った頃到着し、ほぼ計画通りの旅ができました。

このささやかな旅をして感じたことは、駅に関する情報、特に乗降乗り換えの時にエレベーター、エスカレーターが簡単に利用できるかどうか、もっと簡単にわかると便利だということです。また、乗車中電車から電気を取れると呼吸器のバッテリーの消耗について、より心配せず、安心して出かけることができ便利になるとも思いました。

この旅で特に配慮したのは、呼吸器の電源バッテリーをもうひとつ用意し、小さなキャリーに載せ万一に備えたということです。結果的には使用しませんでしたが、予備があるということで気持ちの上に余裕があって旅を楽しむことができました。

小さな旅（2）富士五湖周遊

私は静岡県の生まれで、小さい頃は遠くに富士山を見て育ちました。凛としてそびえ立つ富士を眺めると、苦しいことも悲しいことも忘れて勇気が湧いて来ます。

そんな富士山をしばらく見ておらず、とある10月下旬、紅葉を期待し急遽富士を見たくなって出かけることにしました。

運転をヘルパーのU君に、介助をHさんにお願いし、家内と4人で我が家のオンボロ車を駆って、中央高速の国立府中ＩＣから河口湖ＩＣを目指し出発。

月曜の午後ということもあって車の流れは順調で、2時間あまりで河口湖ＩＣに到着、河口湖大橋を渡り北岸に出て大石公園で車を降りて休憩を取りました。

大石公園からの眺めは、富士五湖の中で唯一の島・鵜の島を目の前に見てその向こうに対岸、その上に富士を仰ぎ見るという構図になります。鵜の島の木々の紅葉は始まっていましたが、対岸の紅葉はこれからという状況でした。紅葉は期待したほどには少し早いという感じで、これも地球温暖化の影響かなと思いました。

この公園にはカリヨンという施設があって、普段はお土産を売っておりますが当日は月曜休みで、静まり返っていました。

秋の日は暮れるのが早く、一休みして湖畔を後にして宿に向かい、明日に備えて早めに床につきました。

翌日は天気も良く窓から雪を冠った富士の勇壮な姿を見て、一同感嘆の声を上げました。

朝９時から出発準備、９時30分には宿を出て河口湖の湖畔に、そして北岸の道路を西湖に向けて走り出しました。

奥河口の風景を左に見ながら、時々見える富士の姿に目を奪われつつ、また道路がカーブする度に頭がずれるのを直してもらいながら進行。以前は少しくらいのカーブでしたら自分でバランスをとることができたのですが、だんだんとそれも難しくなってきたと感じます。

車椅子に座ってそのまま車に乗ると、車の座席に座った時よりかなり重心が上になりそれだけカーブの影響が大きくなり、頭が左右に揺れやすくなるのです。

しばらく河口湖の北岸を走ると、足和田に出ます。ここで道が２つに分かれ、右に進むと西湖へ、左は河口湖を一周する道路です。

我々は西湖を目指し、右手の道路を進みました。西湖は河口湖より高いところにあります。ヘアピンカーブを２つ曲がって上って行くとトンネルがあり、それを抜けると目の前が開け西湖が見えてきます。ここでまた道が２つに分かれており、右手の道路を進み西湖の北岸を進行。西湖は開発が進んでいないので、これといった施設はありませんが、その代わり自然がいっぱいあります。夏はウインドサーフィンで賑わいますが、秋はススキがきれいに穂を出し、その上に冬の装いを始めた富士を楽しむことができます。

西湖では休憩を取らず、次の本栖湖を目指し車を進めました。西湖から国道１３９号線に出る手前の道路の両側の木々は紅葉が始まり、黄色や赤のトンネルの中を走る気分は爽快で、ベッドの上では味わえないものです。

139号線に出て、右に向かうと精進湖、本栖湖方面。車をそちらに向けて進めるとやがて精進湖入り口の信号が見えてきます。精進湖は帰りに見ることにしてここは素通り、本栖湖入口の信号を右折、左手に本栖湖が見えてきます。湖岸に降りることができますがそこからは富士を見ることはできません。湖を半周した北岸に見晴台があって、そこから富士と本栖湖が一望できるので、そこまで行き車を降りて休憩しました。

この見晴台からの景色は、旧5千円札の裏側の絵と同じであるという話が出て、Hさんが早速お財布から紙幣を取り出し、じっくり風景と見比べ本当だとえらく感心していました。みんなも代わる代わる紙幣を手にとって見比べては感心していました。

しばらく秋の日を浴びながら、紅葉の始まった本栖湖と白く化粧を始めた富士を堪能して、次の目的地・精進湖に向かいました。

精進湖は、富士五湖の中で一番小さな湖です。湖畔にはホテルやレストランがありますが、静かなたたずまいでとても落ち着いた雰囲気がする湖です。水辺まで車で行くことができますが、道が悪く大きく揺れるのでレストランの駐車場に車を止め、車を降りて休憩しました。

湖畔の道路の端にコスモスの花が咲き乱れ、その花の上に富士が見える景色を楽しむことができました。この休憩を利用してトイレタイムです。初代の車椅子は、リクライニングできないので身障者用トイレで車椅子から便器に移り、用を足してまた車椅子に戻らなければならず大変でした。2台目の車椅子は、フルリクライニングしますと体が水平になるのでその状態で膝を立て、尿器を利用すれば簡単に小水はできます。ちょっとした物陰に入り、膝掛けを上から掛ければ身障者トイレを探さなくても済みますので、とても便利です。

おなかが空いてきたので、河口湖に戻り昼食をとることにし、河口湖ICの近くの食堂に入りました。

そこでトラブルが発生しました。駐車場に車を止めて車椅子を下ろし、外部バッテリーに呼吸器を繋ごうとしたところケーブルの先端についているべきネジが失くなっているのに気がつきました。このネジがないとケーブルを使うことができず、したがって車のバッテリーも外部バッテリーも使えず、使えるのは内蔵バッテリーのみでこれは1時間くらいしかもちません。河口湖ICから自宅まではどんなに順調に行っても2～2.5時間はかかりますのでこのままでは帰れません。

そこで冷静になってみんなで探すことにしました。先ほどまで車のバッテリーと繋がって機能していたのだから、ケーブルをシガーライターから抜いて、車椅子のところに持ってくる間になくなっているのであるとすれば車の中もしくは駐車場で今いる車椅子の近辺だろうということで、車の中をU君、車椅子の周りをHさんと家内が分担して探しました。

なにせ5ミリほどの小さなネジですから、しばらく探しましたが見つかりません。

そこでとにかく食堂に入り事情を話して呼吸器の電源をお借りし、食べるものを注文して落ち着いて対策を考えました。

代わりのケーブルがないと帰ることができませんので、呼吸器の管理会社フジ・レスピロニクスに電話して、事情を話し最寄りの事業所より代替ケーブルをこの食堂まで届けてくれるようにお願いしました。1時間ほどで届けられるとのことでしたので、食事をしながら待つことにしました。

私は出かける時は、必ず事前にフジ・レスピロニクスに簡単な旅行予定を連絡して、緊急時に備えています。

ケーブルの手配もできたので、安心して食事ができると話している間も、U君は責任を感じてか車の中で執拗にネジを探しておりました。

しばらくするとU君が「あった!あった!」と大きな声を上げながら入って来ました。その手の平には小さなネジが光っていました。早速ケーブルに取り付け、外部バッテリーと接続しテストしたところ、正常に機能することがわかりました。

これでケーブル問題は解決したので、フジ・レスピロニクスにネジが見つかり代替のケーブルが不要になったことを連絡。担当者がこれから出かけようとしていたところでしたので、無駄足にならずに済んで良かったと思いました。

食事が済んで一息入れ、これからの予定を話し合ったところ、U君がこの後予定が入っているということで、ここから帰ることにしました。山中湖と忍野八海は後日改めて訪ねることにし、河口湖ICから中央高速に乗り、談合坂のSAで休憩して夕方4時30分に自宅に戻りました。

外出したり、旅に出ればその先で何が起きるかわかりません。それで出かける前にいろいろと予想しますが、予想外のことが起きることが常と思っている方が正しいと思います。ですが起きる物事を怖がるのではなく、これらを解決するのを楽しむ気持ちになれば、旅は楽しいものになります。たとえばこの旅では教訓として、ケーブルの先端のネジが緩んで外れることがあるので、使用する前に必ず確認することを習慣とする、ということを得ることができたわけです。

ちなみに、この時訪ねることができなかった山中湖と忍野八海については、翌年5月に出かけて、残雪に覆われた富士を楽しんできました。前回の教訓を生かし、何のトラブルもなく楽しい旅ができました。

余談ですが、シガーライター経由でカーバッテリーを使用する時のうっかりミスについて。

たとえば、ガソリンスタンドで給油する時エンジンを止めますが、この時にシガーライターからコードを抜かずに給油が終わってそのまま再びエンジンをかけてしまうことがあります。

そうするとシガーライターのソケットに過電流が流れ、コードの中にあるヒューズが切れます（なぜ知っているかというと、私も一度、これでヒューズを切らした失敗があるのです）。ヒューズが切れるだけで済めば運の良い方で、悪くするとコードが焼けて使用不能になってしまいます。そして、さらにひどくなると呼吸器本体に影響が出てきます。

ですので、カーバッテリーから電源を取る際、（我が家の車だけかもしれませんが）万一のためにエンジンを止めたら、必ずシガーライターからコードを抜く習慣を身につけましょう。

旅について一言

旅についてもう少し書いてみたくなりました。病気になってから旅らしい旅をしてない私が旅について書くのは僭越かと思いますが、数少ない体験と私自身の願望を書いてみたいと思います。

1．日程について

なんと言っても、渋滞、混雑は避けるのが良策です。できれば平日に出かけられれば観光地などは空いており、予定通り行動しやすく、何か突発的なことにも対応ができます。さらに、観光地の皆さんも親切に応対してくれます。障害者の旅、とりわけ人工呼吸器をつけた障害者の場合、吸引器をはじめいろいろ持ち歩かなければならず、車の旅が一番便利となります。

そこで問題は人手の確保です。特に平日だと、たとえば我が家の場合、社会人となった子供たちの協力を得ることは不可能に近い。子供の協力は、得られたとしても土日で、それもお願いして何回かに1回がいいところです。

以前は子供に運転を頼んでおり、ある程度遠出をする時は子供の仕事が終わり帰宅した金曜の夜中の12時から準備を始め、夜中の2時頃出発したり、土曜の早朝3時に起きて4時に出発するという超強行日程でした。

この時間帯であれば渋滞に巻き込まれる事はまずありませんが、体がついてゆきません。それに健常者がぶらり旅に出かけるのと違い、吸引器をはじめ携帯する機器や衛生材料などが多い。女性や年配のヘルパーさんは、概してメカに弱い傾向があります。呼吸器、吸引器をはじめ全般のメカに強く、介護もできるヘルパー兼運転手の出現が待ち望まれます。そうした人材が多数いれば、障害者はもっと気軽に旅に出かけられると思います。

2. 宿泊先について

発病して間もない冬、故郷静岡で高校の同期会があり、会場となるホテルに前泊しました。宿泊した部屋は幹事が気を利かしてそのホテルのベストルームを予約してくれました。眼下に駿河湾を一望し、東に雪を冠った富士、さらに伊豆の山々が連なり、西には御前崎にいたる海岸線を見ることができるすばらしい部屋でした。

ベッドはこれまた部屋にふさわしいふかふかのすばらしいものでしたが、実は障害者にとってはこうしたすばらしいベッドよりは、ボタンひとつでベッドの高さを調整したり、頭の高さを調整できる電動ベッドの方が何よりありがたいのです。

その年の夏、今度は中学の同期会があり再び故郷に出かけましたが、今度は弟の家に泊まることにしました。

ここで驚きが…。「畳の座敷に布団」という1泊2日を覚悟していたところ、着いてみると部屋には電動ベッドがあり、さらにポータブルトイレも揃っているではありませんか。

事情を聞いたところ、静岡県島田市では出身者が帰郷した時、必要であれば福祉器具を貸し出す制度があり、それを利用したとのことでした。

大きなホテルの中には、自前でホテルの一室に電動ベッドを用意するところもあるようですが、その数は限られています。観光地の町とか旅館、ホテル、福祉関連事業者が協力して、福祉器具を貸し出す新しいシステムを作ってくれたら、障害者の旅はより快適で手軽になると思います。

3. 次に思うことは、お風呂です

全国至る所に温泉が湧き出ている日本の旅は、温泉に入ることを抜きに語ることは出来ません。小生も大の風呂好きで、首まで湯につかり体を伸ばしてゆったりした気分に浸ることが出来る時、まさに天国にいる心地がします。

しかしながら、人工呼吸器をつけてからは温泉に入ったことはありません。いつも訪問入浴を利用する際、温泉の素といわれる入浴剤を入れて我慢しています。そして、温泉に入れる旅が出来たらなんとすばらしいことだろうと思っています。

この入浴についても、関係者の協力と事業提携により実現できないものでしょうか。

例えば、自治体が音頭をとりホテルなどの宿泊業者と訪問入浴業者を連携させサービスを組み立て、さらに観光協会もこれを支援する。

このように関係者が一体となって解決に当たればきっとすばらしいサービスが生まれ、障害者は温泉を楽しむ旅に気軽に出かけられることになるでしょう。

短歌を詠《よ》む

私の短歌は詠むというより、31文字を並べているようなものです。中学の国語の教科書に万葉集の歌が載っていて、その美しさが印象に残り、さらに高校で百人一首を覚え、短歌の魅力に取りつかれました。少ない文字で自分の想いや感情を表現するという日本文化のすばらしさがここにはあります。俳句はさらに少ない文字で表現しますが、季語の取り扱いが難しいので、私としては短歌の方が取り組みやすい。しかし、短歌の通信教育なども受けたことがなく、全くの自己流です。

1日の大半をベッドの上で暮らしていますので、ベッドに寝ながらその時々の想いを31文字で表現するとどのようになるかを考えています。

五木寛之氏の『夜明けを待ちながら』という本の中に、アウシュビッツの収容所に囚われたユダヤ人の話が出ています。収容された人達のうちで、最後まで生き延びたのはどんな人かといいますと、屈強な人ではなく、先のことをあれこれ考える人でもなく、窓から入ってくる風の暖かさで春を感じたり、鳥の声で夜明けを感じたりすることのできる人たちでした。

これを読んで私も鳥の鳴き声や虫の声、庭の木の移り変わりで季節を感じ、31文字で表してみようと思いました。また、お見舞いにもらった花を眺め、花の美しさや贈ってくれた人の優しい気持ちを歌に表現したり、散歩に出かけた時の新しい発見や風景を歌に詠むことにしました。歌に表現しようと意識すると、小さな変化も見逃さないようになり、その発見に喜びを感じます。そんな小さな喜びを、毎日毎日繋ぎ合わせて生きております。

稚拙な歌ですが2~3紹介します。

点滴の　雫眺めつ　息ひそめ　静かに時の　流れるを見る

これはショートステイで入院した時に、誤嚥の疑いがあり食止めされ点滴をしていたときの歌です。重症患者ばかりの部屋ですから、物音もせず人の動く気配もないところで、すべてが止まっているように感じます。ただ点滴の雫だけが正確にポタッポタッと落ちて、時が過ぎて行くのが見えるという状況を詠《うた》いました。

「見て」という　君の言葉に　目をやれば　初めて咲きし　朝顔の花

朝顔市のニュースはテレビで見ていましたが、実際ここ数年、朝顔を見たことがないという話をしたら、ある日ヘルパーさんが朝顔の苗を持って来てくれました。そのことを忘れかけていたある朝、家内が驚いたような声で「見て！」と言いながら朝顔の鉢を持って来ました。そこには朝顔市のような大きな花ではありませんが、小さな朝顔が咲いていました。家内が丹精込めて毎朝水をやっていた朝顔で、初めて咲いた花を2人で眺めて喜んだ時の歌です。

はらはらと　落ち葉舞い散る　ひざの上　信号待ちつ　秋を楽しむ

秋も深まったある土曜日、青梅街道を渡って自宅から1キロほど離れた芝久保公民館へ行ってみようと思いました。青梅街道まで来た時、丁度信号が赤になり、信号待ちをしていたところ、上方からはらはらと落ち葉が車椅子に座る私のひざの上に落ちて来ました。見上げると大きなケヤキが色づいて、ここにも秋が来ているると眺めて楽しみました。青梅街道沿いには、まだこんなに大きなケヤキの木があるのかと、驚きながら詠んだ歌です。

このように他人から見れば何の変哲もないようなことですが、その何の変哲もないようなことに目を向けて自分の想いを歌にしています。これからもこの目、この耳、この肌が働くうちは、歌を詠み続けたいと考えています。

短歌200選

発病以来、日記代わりに詠んで来た短歌も、積もり積もって500首近くになりました。その中から200首を選びここに掲載しました。

短歌のよしあしもありますが、ALS患者の生活を垣間見るという側面もあります。

そうしたことも含めてお読みいただければ幸いです。

この命 還す時きた 天地（あめつち）に 我燃えつきて 先に旅立つ

あれも夢 これもまた夢 楽しかり 夢を抱きて 彼岸の旅へ

混沌の 意識のなかに 顔揃い 懐かしき声 彼方に聞こゆ

先生の 交わす会話の 端々に 漂う雰囲気 我が身危うし

カンバスに 描いてみたい もう一度 その一心に 命とりとめ

先生に 不治の病と 知らされて 我が身のことかと しばし茫然

難病と 知りてこのごろ 思うこと あしたに夕べに 死ぬことばかり

誰もかも 人はゆっくり 散りてゆく なぜか我が身は 急ぎ散りゆく

涙ため ひび割れし手で 痰をひく わが妻愛しく ともに涙す

もう少し 生きてみようと 勇気づく 久方ぶりの 友の便りで

頬撫でる 木陰の風に 生き返る わが子連れ立つ 公園の道

生きるとは 難儀なことよ 痰詰まり たかが呼吸 されど呼吸

管(くだ)がとれ 自由に野原 駆け回り 跳んだりはねる 夢をまた見る

孫子きて 病みたる手足 揉み解す 肌の温もり 心もかよう

磐梯の 火山情報に 妻子らの 無事を祈りつ 楽しくあれと

老後とは そんなに悪い ことなのか 世代交替 あって繁栄

病みて知る わが子の職場の 厳しさを 見舞いの度に 語る内実

もくもくと 窓いっぱいに ひろがりし 雲の峰よぎる はや赤とんぼ

訪ねきし 友と素直に 語り合う 心の整理 徐々に進みて

故郷（ふるさと）の 梨が届きて 思い馳せも 一度見たい あの山や川

少しずつ また少しずつ 我が身より 力が抜けて 仏となるか

故郷（ふるさと）の 沖縄の海 見せたいと ナースの瞳 急に輝き

わが個展 大盛況の 報せ聞く多くの友の 支援に感謝

お見舞いに もらいし花を 描きつつ 絵筆握れる 喜びに満つ

兎かと 思えば象の 形似て 雲は流れて 冬空に消ゆ

記念日に 集いし子等に 囲まれて 妻と喜ぶ 宴の席で

黒き富士 チラチラ見えし 山小屋の 灯りのあたり 人のうごめき

華やかに 湖面に散りゆく 花火見て 人の命の 儚さ思う

訪れる 人のなき日は 静まりて 妻と二人の 時は過ぎ行く

朧気な 意識の中で 初春の 再会誓う 友の励まし

あれもして これも出来ると 妻の手を 軽くしようと 望む退院

赤松の 林のうえに 見えし富士 初雪消えて 黒き肌見せ

枝葉なく 真っ赤に燃えし 曼珠沙華 あちこちに咲く 故郷（ふるさと） 思う

妻が呼ぶ 窓の暗やみ 見上げれば すっきりいでし 十三夜見ゆ

姉貴より 松茸届き 久しぶり 我が家のごはん 香かぐわし

逢いたさを こらえて一人 悩みけり やつれた姿 見せるつらさに

老いがさき 行くがこの世の 原則と 思えば気分 楽になりけり

大輪の 菊が届きて 思いたる 育てし人の 花への愛情（あい）を

故郷（ふるさと） の 庭の石榴を 思い出す すっぱき甘み 懐かしきかな

髪乱れ 必死に介護 するきみに 我の生きたる 価値はありやと

吸引の 苦しみの後の 爽やかさ 息することの 幸せを識る

奄美から 来た君語る 蘇鉄の実 はぶの話が 懐かしきかな

黒々と 甲斐の山々 つらなりて 息をひそめて 雪化粧待つ

庭の菊 手折りし友が 訪ねきて 明るき声が 我が家にあふる

紙を折り 友とつくりし 紙人形 はしゃぐ妻見て 我も楽しき

爽やかな 風にゆれてる コスモスに 重なり見えし ふるさとの山

今年また 初春の富士を 眺めつつ 生きてることの 幸せを識る

宴にて 交わす盃 いつのまに 白き花びら ひとつ浮かびぬ

君がする ラジオ体操 横に見て ともにした日々 懐かしきかな

台風(あらし)去り 薄日さしたる 夕ぞらに 送り火ごとき 雲燃えるなり

家々の 木々の緑も いつのまに 深さを増して 立夏過ぎゆく

緑なす 五月の風を 胸に吸い 生きる喜び 身体にあふる

温かき きみの温もり 手に残し 宴の席を ひとり去り行く

友と逢い あれもこれもと 思いしが 交わせる言葉 僅かなりけり

赤き葉の 桜木揺らし 百舌が鳴く 暮れ行く秋の 病院の窓

菊の花 友より届き 絵筆(ふで)握る 心華やぎ ただ花に向く

鵯(ひよどり)の つがい仲良く 木の葉食む 氷雨降り敷く 小さき庭で

会うたびに 背丈伸びたる 孫を見て 正しく生きよ 自らの手で

病床で 三度迎えし 誕生日 親しき友と ともに喜び

誕生日 君より届きし 花束の 香ただよい こころ華やぐ

久しぶり 会えると願う 友見えず 少し淋しき 患者の集い

同病の 集いに参加 して思う 日々の戦い 一人にあらず

最新の 医療技術の 講演(はなし)聞き 実用化まで 我は待てるか

新薬の 開発未（ま）だかと 耳澄ます 交流会の 講演聞きつ

冬晴れの 透明な空 眺めつつ コーヒーの味 われ確かめり

黄色い葉 残した木にも 雪つもり 白きわが庭 なほ華やかなり

久しぶり 友の握手に 喜びて 握り返したし 力なき手で

痴呆（ぼけ）人の帰宅を願う叫び声 虚しく響く夜の病棟

性格を変えるはいかに難しき 介護のはなし いつも平行

この病 神が与えし道ならば 耐えて生きよう君と二人で

久々のバレンタインのチョコレート 老いたる胸は しばしときめき

誰よりも 我が先かと思いしが 友の訃報に 胸を痛めり

遠くより来たりし友は 声かけて 我を励ます 花をもてくる

窓の外 日差しは日々に 強まれど 命のひかり 徐々に弱まる

パンジーの 花篭につめ 暖かき 窓辺におきて 春を呼び込む

雨あがり 遅き花見に 花は散り 木々の青芽を 見上げ楽しむ

再びの 花のもとにて 宴する 古き友との 友情（なさけ） 確かめ

桃色の 花の絨毯 縫うように 桃源郷の 里に分け入り

御坂路の トンネル抜けて 目に映る 富士の雄姿に しばし息のむ

ほうとうの 鍋を囲みし 甲斐の旅 声も弾みて しばし和まん

指擦る 姉の横顔 見つめつつ 幼き日々を 思い出すなり

温もりが 姉の指から 伝わりて 我が胸熱く 同じ血ながる

安眠を 今夜も覚ます 吸引で すまぬすまぬと 心で念じ

陽を浴びて 試しに乗りし 車椅子 五月の風を 今年も受けつつ

痰詰まり この苦しみを 抱えつつ 生きる先には 良いこと信じ

新聞の 隅まで探す 新薬の 話なきかと 今日も朝から

友の句を 読みて心境 痛いほど ビンビン響く わが胸の内

垣根越し 日々色変わる 紫陽花の 雨に打たれて 生き生きと見ゆ

書類でき 気分は軽し 君の身は 介護細やか こころ籠もりぬ

サッカーの 日本戦を 見るという 笑顔のきみを 久々に見る

度々の 愚痴も過ぎれば 耐え切れず 時には怒り 心頭に来る

青き葉の 陰に見つけし あけびの実 秋の実りを ひっそりと待つ

淡き花 蛍のごとき つかの間の 短き命 燃やし咲きたり

痰詰まり 苦しみたえて 迎えたる 7月4日は 丁度千日

弟と 蓮華のにおい かぎながら 喧嘩の後に 仰ぎ見た空

花束が 届きて思う 兄として 妹思い 支えたりたや

昼下がり 武蔵野の木々 暑き陽に 頭をたれて 気怠く立ちぬ

いつまでも 少年のような 君がいて 病室の中 笑い満ちたり

検査する 度に結果は 悪くなる 説明聞けば 憂いは積もる

孫が来て マイナスイオンの 腕輪して 元気になってと 声かけられる

知らぬ間に 粘土でつくった ハムスター やさしき孫の 心に涙す

告知の日 我が事なりと 受けとめず 茫然自失 思いだすなり

ずくずくと 口で鳴らした 幼き日 思いて眺む 赤きほうずき

椰子の実は 遠き島より 流れ来て 我にはメロン 渥美より来る

紫に 実りし巨峰と マスカット 並べて描く 残暑の中で

あの暑さ 遠くに追いやる 彼岸花 赤く野に咲き 季節移りぬ

雨降りて 肌寒き日は 静まりて 人恋しつつ 暮れて行くなり

絵になると 集めし石榴 並べたて きみと描かむ 秋の一日

病院の 壁に並びし 我が絵見て 見栄え良しかと 秘かに安ず

今年また 菊花届きて 有り難き 友を思いつ 絵筆とるなり

絵の友の 訃報を聞きて 思い出す 元気なころの あのかっぽれを

子規のうた 思い出させる 柿三つ 幼き友の 顔も浮かびぬ

カニューレの 交換無事に 終えた日は エアも心も 通り良くなる

溌剌と したきみ見れば いつの間に 知らず知らずに 元気受け継ぐ

今朝もまた 目覚めてうれし 六十四 ここまで来たよ 君に感謝し

賑やかに 3日遅れの 誕生日 きょうだい揃い われを祝いし

新しき 店に集いて 食事会 やさし友もつ われは幸せ

わが庭の 椿の蜜を もとめくる 小鳥の動き いと忙しく

ろう梅の 黄色になりし 葉の陰に 小鳥の動く 気配ぞする

髪型の 変わりしきみと 久しぶり 会いて驚く その眩しさに

気が付けば コールは遠し 指の先 危急をいかに 知らせんとす

目の前の 届かぬコール 恨めしき あと数ミリの 配慮欲しきか

冷静に こと処理できる きみにとり 看護の仕事は まさに天職

同室の 寝息やいびき 聞きながら 思索にふける 病院の夜

クリスマス 会を覗きて 驚きぬ 老婦のあまり 数の多さに

玉割りの ゲームにはしゃぐ 老人の 紙玉投げる 姿おかしき

ビタミンが 豊富にあると 講釈を 聞きつつ食べる キュウイ薬と

マンゴーの 淡きピンクに 魅せられて くだもの並べ 描かんとする

種のある 田舎の蜜柑 送りきぬ 姉のやさしき 心伝わる

ふるさとの 友の送りし 柿ながめ 篤き心に 涙溢れる

おいしさを 基準に選ぶとき みはいい われは絵になる りんご選びぬ

房総の 花届きたる わが部屋は 一気に春の 香漂い

幾度か 汗して書きし 訴えも なんら届かぬ 官の心に

まず制度 次に規則の きみ見れば お役所仕事の まさに範なり

ガーベラを 窓辺におきて 眺めれば ガラスの向こうに 白き街みゆ

一回で 済めばよいとの 思い込め 採血の針 じっと見るなり

無気肺が 左の胸に あるという 何を聞いても 心動ぜず

明日退院 やっと終わりし ステイだが きみの苦労に 喜び半減

ワイパーが 激しく払う 水しぶき 雨の東名 ふるさとに向け

玄関の 俄かつくりの スロープに 歓迎の意 ひしと伝わる

作品を 改めて見て ふりかえる 一つ一つの 思い確かめ

拍手受け 会場に入り 改めて 友の支援の 大きさを知る

連休の われ喧噪の 蚊帳の外 一人静かに 菖蒲描くなり

去年夏 埋めにし球根 花ひらき きみと眺める アイリスの花

花束は　要らぬといいつ　喜びぬ　娘（こ）より届きし　赤き花見つ

大輪の バラの輝き 短くて 筆を休めて しばし眺めむ

芍薬の 大きな花に 驚きて 芙蓉の如し ときみに言うなり

あじさいの 花の勢い 日々変わる 昨日いきいき 今日は俯き

あの顔もこの顔もまた懐かしき一年ぶりの病棟の朝

調子良き時こそ忘る呼びボタン一気に地獄の苦しみを見る

紫陽花の花も乾きてこころなし梅雨の晴れ間に俯きてみゆ

白髪の友久しぶり訪ねきて梅雨明けぬまに秋を持て来る

瑞々しメロンのごとき心してわれを励ます友ありがたき

落ち葉踏み林のなかに分け入れば飛び立つ鳥の声は悲しき

時を超え小江戸の街に浸りきり仰ぎて見るは時の鐘なり

箱根路の水面にはゆる赤鳥居変わらぬ姿今もゆかしき

日に日にと冷気感じつコスモスとすすき飾りて秋を確かむ

暮れなずむ 湖畔にたちて 仰ぎ見る 富士の裾野は 赤く染まりぬ

波をうつ すすきの上に 頭だし 富士はみぬまに 冬の装い

若きころ集いてキャンプした湖（うみ） は 今も静かに われを迎えり

霞立つ 菜の花畑の 上にたつ 富士の顔にも 和み漂い

山並みの 上にひときわ高く立つ 富士は朝日に 赤く染まりぬ

おふくろの ようだと言いつ 包みあけ 友の送りし キャベツ眺めむ

今年また 篤きこころと 香をそえて 菊の花束 今朝届きたり

金色に 輝く菊の 大輪に こころ奪われ しばし眺めむ

見るたびに 幼きころに 木にのぼり 柿の実食べたと きみは言うなり

懐かしき 顔また顔が 訪ね来る 5度目のショート 感慨深き

疲れたる わが魂も 蘇る 若きスタッフの 美しき歌

はらはらと 木の葉舞い散る 木の下で 信号待ちつ 秋を楽しむ

枝先に 残りし柿の 二つ三つ 鳥のついばみし 跡が残りぬ

立冬をすぎて 近くの 木々の葉も 俄に赤く 染まりはじめる

大切に 育てしカトレア 送りきぬ 優しき心 今も変わらず

梅林の 中にたたずみ 暖かき 陽射しを浴びて 香り楽しみ

一陣の 風に吹かれて 紅梅の 花びらふたつ 我が膝に舞う

紅白の 梅を眺めつ 公園の 野点楽しむ 春の陽浴びて

願わくば 春暖かき 陽を浴びて ああ！われ行かん 桜とともに

障害を 持つ身の仲間と 花の下 春の喜び 肌で感じつ

華やかな 白とピンクの ハナミズキ 競いて咲きし 家々の庭

爽やかな 風に誘われ 出てみれば 木陰恋しき 初夏の散策

冬枯れの 淋しき庭に 蝋梅の 春は近しと 香り漂い

北風に 首をすぼめし パンジーは 春の来るのを じっと待つなり

部屋中に 菊の香漂う 夕暮れは 華やかなれど 何故か淋しき

新しき 出会いも今は 意志疎通 図れぬ不安 心重たき

真夜中に 黄泉へ旅たつ 隣り人 永久の冥福 静かに祈る

行ける人 幸せとなれど 行けぬ人 残るは苦しき 日々の連続

真夜中に 顎でまさぐり センサーに 触れては安心 確かめるなり

今宵こそ 静かな眠り 得られんと 同室同士の 無事を祈らん

出てみれば 外はまぶしき 夏の陽と 緑深まる 退院の朝

木の香する 我が家に戻り 眺めれば 紫陽花の花 静かに待てり

生い茂る 木々のトンネル 通り抜け 薫風胸に 緑楽しみ

水浴びを 楽しむ子らを 横に見て 涼を求めて 熱き道行く

公園の 昼の気だるさ 吹き飛ばす 風よふけよと われは祈らん

近所より 届きしアケビ 今年また 心新たに 筆を執りたり

たっぷりと 大井の水を 含みたる 故郷（ふるさと）の味 志太の梨なり

子宝に 恵まれるという 伝えある 友に贈らん ざくろ描くなり

故郷（ふるさと）は 遠くにありてと 詠まれるが 吾は行きたし 友の顔見に

春の花 届きて愛でむ 今年また 人は変われど 花は変わらじ

日々変わる つぼみの色に 胸おどり 水やる君と 開花待つなり

窓際の 冬の陽を浴びし 赤き蘭 縮みし心 のびやかにせむ

君の友 訪ね来たりて 語らいに 弾む声聞き われも楽しき

あとがき

発病して3年が過ぎる頃、ようやく病状も落ち着き、精神的にも安定してきて、前向きに考えるようになってきました。そして、自分の体験をまとめみなさんのお役に立てようと書き始めたこの文章、始めてみたもののなかなか進みませんでした。

それでも、発病当時の記憶を頼りにコツコツと少しずつまとめることにしました。最初の頃は自らワープロを操作していましたが病気の進行に伴い操作できなくなり、その後はヘルパーさんに口述し、かすかに出る声と口の動きを読み取ってワープロに打ち込んでもらいました。ですが、今度は口の動きも鈍くなりそれもままならなくなり、「伝の心」を使って入力することになり、かなり時間がかかってしまいました。

ここに書きましたのはすべて自ら体験したものですが、それだけに同病の方からはそのようなことはすでに承知済みといわれそうです。一方で、またこんなこともあるのかと転ばぬ先の杖となるようなこともあるのではと思いつつまとめてみました。

ＡＬＳ患者の病状や進行状況は、人によりかなり差があります。飛行機に乗ったり、新幹線で旅する人もいれば、ほとんどベッドに寝たきりの人もいます。

前者の方は、ここに書いたことは先刻承知済みのことばかりかと思います。

後者の方で、何かしたいのだけど何からどう手をつけていけばよいか悩んでいる方でしたら、ここに書いたことがお役に立つかと思います。

ただ、ＡＬＳ患者はあれこれしたいと思っても自分では何ひとつ出来ません。何をするにも介護者が必要です。しかし、介護者がそばにいて手助けすれば、ＡＬＳ患者の多くの方はベッドから離れ自己実現のため行動することが出来ます。


終わりにあたって、初めの目論見どおりまとめられたか心もとないのですが、ＡＬＳ患者、家族だけでなくＡＬＳ医療看護に携わる方、障害福祉に携わる方、さらには一般の方々まで、一人でも多くの方に本書を手にとっていただき、ＡＬＳに対する理解を深めていただければ幸いです。

最後に本書の出版にあたり、原稿作成の段階で自立生活企画の梅村君、金井君、山崎君に、編集段階で日本プランニングセンターの小山さん、カメラマンの堀田さんにご協力いただき、そして総合監修してくれた妻・満佐子に深く感謝します。

２００６年４月　　長谷川　進

弟から見た兄

私たち兄弟は、歌に詠《うた》われた「越すに越されぬ大井川」の川尻、東海道島田宿の東側に位置する六合村（現在島田市六合地区）に生まれました。

当時、六合村の子供たちは大井川を自分の庭のようにして遊んで来ました。私も兄と一緒に近所の仲間と連れ立って、遊びに出かけました。魚採り、ひばりの巣探し、グミ採り、水遊びと夢中になって遊んだことが懐かしく思い出されます。

小学校に通っていた時です。雨が降ると傘が1本しかない我が家。学校が早く終わった私は上級生の教室へ行き、兄貴の横に座って授業が終わるのを待ちました。そして2人は肩を並べ1本の番傘に入り、私は得意気になって家に帰ってきたものです。とても嬉しかった思い出です。

兄が小学校6年生の夏休み、兄が工作で作った六合村の地形と標高差をボール紙で形取り何層にも重ね合わせた地図は見事な作品に出来上がり、学校で賞を取りました。その地図を私は大事に取っておき、要領よく自分の夏休み工作として提出してしまいました。

兄からはよく宿題をみてもらいました。機嫌よくみてもらうには工夫が必要でした。それはおやつの利用です。兄はおやつをもらうとすぐ食べてしまい、大事に食べている私のおやつに目をつけてきます。そこで宿題をみてもらうという条件をつけ、おやつの一部を兄に譲ります。時たまこの約束を忘れられることがあり、その時はどこの家でも起こる兄弟げんかが始まりますが、長引くことなく収まります。

兄が中学三年生の時です。

家の事業が失敗し、家族全員六合村から島田市に住んでいる長男のもとに移ることになりました。が、兄は転校もせず、自転車で六合中学に通いつづけました。今でこそ舗装されている道路ですが、当時はでこぼこで曲がりくねった砂利道でたいそう時間がかかったかと思います。

優秀な兄は中学時代アメリカ人と文通をしていました。クリスマスの時期、文通相手からクリスマスプレゼントのアメリカ製チョコレートが贈られてきました。当時はめったに口に入るものではないもので、私にもおすそわけがありました。ほっぺが落ちそうに甘い甘いものでした。これも兄貴の恩恵に与かったものです。

島田商業高校時代、成績はトップクラスの兄はクラブ活動にも情熱を燃やしていました。今まで無かった器械体操クラブを立ち上げ、学校と交渉して道具を揃え、鉄棒・あんば等いろいろなものに挑戦していきました。

そんな兄は、学校から帰るといつも机に向かい何かをしています。そうなると家族は用事を頼みにくく、その用事は私のところに回ってくるので、子供心に兄貴はずるいな、本当に勉強しているのかなと思いました。

しかし、夏休みになると、兄貴と私は自転車に乗り、生家がある六合村へ家の仕事の手伝いに行きました。その仕事とは、古綿工場に改造された生家で古い布団綿の打ち直しをするというもの。部屋の中は塵が舞い、マスク替わりに手拭いで顔と鼻を覆い1日中機械を動かしました。夕方になると手拭いも塵で真っ黒になり、呼吸をするたびに胸が痛く感じられ結核になるのではないかと思ったくらいです。それは大変な仕事で、とても辛かったです。

仕事を終え大井川の放水路で体を洗い、少し水遊びをしてから家に帰る日課は、兄と私との忘れることができない思い出です。

兄貴は高校卒業後地元で就職し、すぐ東京に転勤、私は地元で働くことになりました。会う機会が少なくなった私たちですが、勉強のため東京に行った時は宿舎に泊めてもらい大いに助かりました。

バイタリティーのある兄は、勤務の傍ら大学を卒業し、会社一筋になってからは、みるみる昇進の道を歩んで行きました。そして、系列子会社の社長となり頑張る兄は、大変な努力家そのものです。

会社に入ってからゴルフとテニスを始めたようです。元々中学で軟式テニスをやっていた兄、硬式テニスもなかなかのものです。運動オンチな私にテニスの面白さを教えてくれたのも兄貴です。兄貴夫婦と私達夫婦は時々試合をしました。負けず嫌いな兄はいろいろなテクニックを使って攻めてきます。私たちは直球そのもの。2組の試合はとても楽しく、どこへ行くのにもラケット持参で会うようになりました。

勤めた会社を退職し、やっと兄貴に春が来たと思いきや、60歳にしてこんな病気にかかるとは思いもよりませんでした。残念で残念でたまりません。

しかし兄は難病にも負けず、ベッドの上で短歌を作ったり油絵を描いたりしています。だんだん動かなくなった手をバランサーで吊り、水彩画に変えてでも描き続けています。

今は月1回、兄弟姉妹で顔を見せに出かけ、お互いの様子を確かめながら帰って来ます。兄弟っていいなーとつくづく感じる私です。

弟・長谷川正男（一級建築士）

もう頑張らなくていいですよ

妻・満佐子からショートステイ中の著者に宛てた手紙

お父さんへ

お手紙いつもいつもありがとう。読ませてもらっている途中で涙が出てきて最後まで読めず、返事を早く書こうと思いながら遅くなってごめんなさい。

振り返ってみますと１９６６年2月、私が法政大学に就職し最初の大学入試の真只中。職場の先輩より電話があり「そろそろ」と考えていた矢先のこと、快諾しました。市ケ谷の喫茶店で初めてお会いしましたね。覚えていますか？　とにかく真面目そうで、この人ならついていけそうと直感がひらめき、決断は早かったですよね。

9月に結婚しそれから三十数年、いろいろ楽しかったこと、嬉しかったこと、また苦しかったことが走馬灯のように浮かんできます。

一生懸命働いてきて、退職後は悠々自適な2人の生活が待っていたはずなのに、お父さんが一番無念であるかと思います。

結婚して最初は板橋の6畳のアパート、暑かったですね。それから職場に近い市ケ谷左内町へ…歩いて通勤できました。それから狭山に夢にも思っていなかったマイホーム。陽子（長女）も生まれました。

私が夜勤の時、陽子にミルクを飲ませお風呂に入れて待っていてくれてありがとう。最初の子供であったため、陽子の子育てには少々手こずりましたが、お父さんの理解と協力があり、なんとか育ってくれました。

2人目の順の産休前には、夜勤終了の21時に遅れず校門前に車で待っていてくれましたね。世の中は高度成長期で働き盛りの忙しい時だったのに、本当に優しかったです。

順が生まれて小金井の工学部に転勤させてもらい、夜勤のない勤務を18年間させてもらいました。私のことを思い、職場に近い所ということで小金井、国分寺周辺のいろいろな土地を見て回りましたね。やっと今の所が見つかり、引っ越し。

3人目の顕も生まれ、仕事と家庭の両立を欲張りすぎて子供たちにしわ寄せがいってしまった所がありましたが、あの頃は若かったんですね。あまり苦労と思わず田舎の母や弟をはじめ、お隣の小嶋さん、保育園の先生方、いろいろな人たちに支えられ共働きの大変な時期を何とか乗り切れました。

子育てに少し余裕ができて、テニスクラブに入会させてもらい、スポーツの楽しみを味わわせてくれました。私のテニスの先生として指導してくれましたが、何せ夫婦であるために甘えがあることと生来の運動神経の悪さとで、余り上手にはなりませんでしたが、人並みにプレイができ一喜一憂していたあの頃が一番充実していたと思っています。暑い夏の午後、静岡の弟夫婦と河口湖や田無のスポーツセンターで、ムキになってテニスをして楽しみました。その後のビールの美味しかったこと。あの頃を思い出すと運動神経のいいお父さんが、入院して人工呼吸器を装着しているということがどうしても結びつきません。

「何で、どうして」という堂々巡りで私もパニックとなりました。本当に悔しくて、次々と元気な頃の思い出が浮かんで来ました。

病院の帰り際、握手をして握力低下の確認をそっとして〝まだ大丈夫〟と自分に言い聞かせ、夜道に自転車を走らせました。1人になると何度泣いてしまったことでしょう。病気になってしまったのですから受け入れなくてはと自分にも何度も言い聞かせました。

入院以来、毎日毎日辛く痛い検査の連続が続きましたね。発症2ヵ月くらいだったと思います。公立昭和病院の副院長の内潟先生に呼ばれ「病名は筋委縮性側索硬化症です」と告知された時は、私は頭の中が真っ白になり動転しました。当のお父さんは心の動揺はあったと思いますが、あまり取り乱すことなく必死にこらえて時間の経過と共に冷静に受け止めている姿勢には敬服しました。でも、いつまでも優等生でなくていいですよ。落ち込んでもいいんですよ。

家族旅行もいろいろ行きましたね。子供達が小さいころ喘息気味ということで、島田の正男さんの所にお世話になり、毎日のように海水浴へ。それから堂ヶ島へも。また、高尾山、御岳山の山登り、神戸のポートピア、東海汽船で八丈島などへ。子供達が大きくなるにつれスケジュールが合わなくなり、99年8月の九州旅行が最後になりました。その合間をぬって、夫婦でも出かけました。国内のみならず海外へも連れていってくれてありがとう。

スペイン旅行、本場のフラメンコ、地中海など昨日のように覚えています。欲を言えば、これからも一緒に各地を旅して回りたかった。

とにかく、お父さんを信頼しついて行けば、老後の心配は何もないという生活のスタイルを長年してきたものですので、99年の10月8日以来、私の人生が全く変わってしまいました。日頃「2人して元気でいなくては」と口癖のように言っていた本人が、こんなに早く先に倒れるなんて…誰が予想していたことでしょう。

3人の子供たちは社会人になりました。陽子は結婚して落ち着き孫を抱かせてもらえました。順、顕もサラリーマンとなりました。でもいつか1人になった時、子供に頼らず1人でも強く生きていけるように、今から自立の訓練をしていきたいと思っています。

モーレツ社員で仕事はバリバリ、趣味も広くテニス、ゴルフ、油絵、三味線（民謡）等時間を最大限にフル活用し多忙の連続でした。もう少しゆったりしていたら？…と今では悔やまれてなりません。

退職後のお父さんには夢が3つありましたね。

(1)個展を開くこと。

(2)海外でショートステイして日本語を教えること。

(3)近所の子どもたちに絵を教えること。

1つ目の故郷・島田で個展を開いて同期生や友人に見てもらいたいという夢。倒れる直前の8月に帰省し、準備をしてきたことを知っていたので、その直後の病気発症であったため、私は当然キャンセルすると思いました。そこで、確か入院8日目あたりに意識朦朧のお父さんに聞いたところ〝やって欲しい〟と紙にマジックペンで書きました。

それで弟夫婦に相談したところ〝それならやろう〟ということで2000年1月に個展を開きました。高校時代の同期生を中心に多くの友人のご支援ご協力で成功裡に終わりました。期間中大勢の人たちが見にきてくれ励まされましたね。これもひとえに長年培われた友情の絆と思います。病に倒れてもこのようなことが出来るなんて、こんなに幸せ者はいないだろうと思いました。

2つ目の海外でショートステイして日本語を教えたいという夢。その実現のため英語を勉強し、三味線の先生に指導を受け、民謡も習い頑張っていたのに、ほんとうに悔しく残念だったと思います。

3つ目の子どもたちに絵を教えたいという夢。残念ながら実現出来ませんでした。

在宅に入ってからいろいろと考えたのでしょう。身辺整理ができて私にもたくさんの手紙をくれましたね。その1通は、今までの在宅療養のことを本にまとめてお世話になった人たちに読んでもらいたいという内容のものでした。

難病中の難病ということで何もしてあげられず申し訳なく思っています。発症9日目より人工呼吸器を装着していますが、頭脳は明晰。ですが、うまくコミュニケーションが取れず内緒話もできなくなりました。あまり顔には出していないようですけど、もどかしさ、辛さ、悔しさに耐えているお父さんを見ていると本当に辛く心が痛みます。お世話になった分、一生懸命に看てあげようと思いながらも、長年の過労と腰痛のため、ここ最近腰が伸びなくなり自信をなくしております。

1人で頑張り過ぎた点も多々ありました。で、市役所の窓口でお願いしてもなかなか思うように支援が得られず、睡眠不足、過労、腰痛が増すばかりで、お父さんに当たってしまったこともあり、深く反省しています。お許しください。お父さんの痰の詰まりと比較したら、これなんて問題外ですが、とにかく体調不良で共倒れ寸前だったんです。

これもショートステイを利用するようになり、整体に通院し始めたら、腰の張る感じが少し楽になりました。今までの積み重ねですので簡単にはいかないと思いますが、時間をかけて治療するしかありません。子供たちは忙しい中を協力してくれてます。本当に助かっています。

もう頑張らなくていいですよ。退院したら、また二人三脚でゆっくり始めましょう。

2001年6月21日

満佐子

追記

妻・満佐子からこの書籍の出版によせて

あれから何年経ってしまったでしょうか。1999年は私にとって忘れられない年になってしまいました。

私は長いこと学校職員として勤務して、この年の3月、選択定年制度で退職しました。同時に、主人も6月に退職。2人して晴れてこれから第二の人生を歩み始めた矢先の10月8日、主人が突然倒れてしまいました。

呼吸停止からスタートしたALSでしたので、人工呼吸器は選択の有無をいわさず発症10日目ほどで装着。それ以来現在まで、介護は四六時中緊張の連続で、片時も目を離すことができません。

最初のうちは出来る限り自分の手で介護してあげたいとやってきましたが、それは想像以上のものでした。昼の介護、夜間の介護。慢性疲労と腰痛、そして睡眠不足。それでも私が倒れたら看る人がいないという気力で頑張りました。気が張っていたのでしょう。この6年間、風邪をひいたことはありません。ですが、心身共にボロボロになってしまいました。この先、今のバランスが崩れた時を考えると、正直とても不安です。

その間、行政当局への度重なるお願いで、ようやく支援費も他の市町村並みに引き上げていただきました。

これを読まれた方の中で介護に明け暮れしている方もいらっしゃるかと思います。そんな方に今の私から言えることは、月並みですがあまり頑張り過ぎないように、ということです。

休みのない介護に追われダウン寸前の時には、手を抜きましょう。ストレスを溜めないよう、主人が患者であることも忘れて本音で話し合うこともあります。それに在宅難病患者緊急一時入院制度（ショートステイ）もあります。希望する時は、保健所の保健師さんにこちらの入院条件を伝えると、すぐに対応してくださり、時々利用させてもらっています。本当にありがたく、助かっています。2～3週間の短期間ではありますがリフレッシュでき、活力を蓄え次なる介護にあたれます。

2006年1月、主人が在宅療養に入り7年目を迎えました。今はヘルパーさんにも恵まれてしっかりした介護体制のもと、安心してQOLの高い在宅療養が送れるようになりました。ひとえに関係する皆様に厚く御礼申し上げます。

主人はたくさんの人達に支えられ、1日1日を大切に過ごしております。お見舞いにいただいた数え切れないお花、花束等、本当にありがとうございました。花の好きな主人ですので花を愛で、その都度色紙や絵手紙に描き留めています。

これからも残された機能を使って、より高いQOLの理想に向かって前進することでしょう。病状は確実に進んでいますが、皆様これからもよろしくお願いします。

いつも目標に向かって前向きに生きている主人が、1日も長くこのまま安心して在宅療養生活が送れますようにと祈りながら…。

２００６年４月

長谷川満佐子

著者略歴

●はせがわすすむ。

１９３８年生まれ。静岡県出身。日本大学経済学部卒。東急不動産、東急コミュニティー、東急リバブルなどを経て、１９９９年退職。２男１女を育てた。

メールアドレスはsusuhase@camel.plala.or.jp

●謝　辞

公立昭和病院の副院長・内潟先生。地域担当医の田村先生。介護プランを綿密に作成してくれるケアマネさん。公立昭和病院訪問看護室の看護師の皆さん、佐々訪問看護ステーションの看護師・リハビリの皆さん、訪問入浴のチームの皆さん、ショートステイの入院先をお世話してくれる保健師さん、人工呼吸器の管理を担当のフジ・レスピロニクスの皆さん、西東京市役所の障害福祉課、介護保険課の皆さん、朝夕夜間のケアや介護、ショートステイ時の入退院支援、散歩や色紙作成の補助をしてくれる自立生活企画、年輪、西町ケアサービスのヘルパーの皆さん、その他今までにお世話になった多くの医療看護介護に携わる皆さんのおかげで、今日まで楽しく充実した日々を送ることが出来、ありがとうございました。

　島田の弟夫婦はじめ親戚の皆さん、子供たち、島田商業高校の同期生の皆さん、日大E・S・Sの皆さん、絵のお仲間、元職場の皆さん、ご近所の皆さん。その他多くの友人知人の皆さん、心のこもったお見舞い、メール・お手紙などで励まされ、本当に勇気づけられました。どうもありがとうございました。

長谷川　進

心 に 翼 を ～あるALS患者の記録～
定価　本体1,200円＋税

2006年 5 月 5 日　第 1 刷発行
6 月 5 日　第 2 刷発行

著　者　長谷川　進

発行人　今村栄太郎
発行所　株式会社日本プランニングセンター
〒271-0064　千葉県松戸市上本郷2760-2
電話　047-361-5141（代）　FAX 047-361-0931
e-mail：jpc@jpci.jp　URL：http://www.jpci.jp

印刷・製本/壮光舎（株）

ISBN4-86227-003-4　C2047 ¥1200E